EX-LIBRIS

把灵魂卖给猫

——徐德亮的猫小说

徐德亮　著

目录

序

猫之困

猫和生活

猫和新生活

终

序

徐

序一

猫奴出书，点赞之！

最近听说某徐姓猫奴要出书了，我想，此书多少有本喵些功劳。

这家伙我知道，是个不务正业的蓝星人，时而像个文人，大多数时候则像个耍嘴皮子的。但值得表扬的是，在猫奴这个职业上，他绝无二心。据说猫小编们去他家采访的时候，还差点被此人家中的一屋子猫绊倒在地。

从那时候起，徐猫奴就开始给我们写些小说，有时候兴致来了，还会抓来自家猫小主配图一张。但我不得不说，这些画远没有徐家小主们本尊器宇轩昂，但神采还是有些的。但这家伙偶尔也犯些文人的懒惰，有时也须本主编不断催促，才交上稿来。因此，此书能出，总有些本喵的功劳。

其实，猫奴出书，实属不易。每天除了处理蓝星人的正业，还要伺候猫小主，喂食铲屎，很少有时间闲下来写些小说与众爱猫人分享。如今结集出版，值得放在枕边，细细品之。

《宠物世界 · 猫迷》杂志

名誉主编 江米条

2013.12.24 清晨

序二

把灵魂卖给猫

徐德亮先生坐在温暖的屋子里，巨大的暖气散发着把人的毛孔都能打开的热量，就像泡在温泉里一样舒服。各种美妙的花灯把一片暖色洒在地板上，洒在墙上，洒在书架上，洒在沙发上，洒在徐德亮先生的身上。

深色木地板上一尘不染，地板蜡把灯光反射上来，如同一大片荧荧的羊毛毯。墙上各种文艺复兴时期的名画也都发着微微的光，画上的诸天神灵围绕着爱神，眼光中全是神圣和宁静。爱神深邃而柔情无限的目光看向画外，有意无意地瞟着徐德亮先生。书房中的两面高墙都是顶天立地的金丝楠木的大书架，每一层都有里外三层的图书，如果你想看最内一层的书，就不得不踩着红木梯上去，把外层和中层的厚厚的书搬开。那些书都是世界上最睿智或最有趣的人写的，里边有最高深的哲学和最广博的知识，还有最美丽的故事。但是徐德亮先生只在写文章需要逐字逐句引用原文的时候才会去查看它们，因为他的头脑中拥有的知识和奇思妙想，比所有这些书中的加起来还多。但他依然珍惜地保存着这些图书，除了对先贤的尊重，这些书本身也都是珍贵的古董，少数还有原作者的亲笔签名。

徐德亮先生把身体全部都陷进那只古老的胡桃木的沙发中，感到身体完全放松了，当年歌德就是坐在它上面构思了《列那狐》。这只沙发花费了徐德亮先生一千万英镑，按古董的行情，它并不值这么多钱，但因为拍卖会上一位非洲裔的钻石商人表现出了志在必得的气势，徐德亮先生只好直接把价格提到那位黑哥们儿的想象之外。他解释道，能坐在歌德的沙发上，那种美妙的感觉，和坐在客厅里那张乾隆的宝座上完全不同。

但是说到年代，这张沙发在这间屋子里只是小字辈，徐德亮先生大拇指上戴的白玉扳指比它整整早一百年，多宝架上摆的青花瓷器比它早三百年，抽屉中的法书字帖要比它足足早上一千多年。

“唉，”徐德亮先生看着桌子上明代雪花金宣德炉中的上品沉香点完了，淡淡的香味散尽了，不由得发出了一声感叹，“虽然我已经得到了太多，但人生最终极的乐趣，似乎还没有体验到，这真让人伤感，当我的人生像这炷香一样慢慢燃尽之后，我难道还能去对基督说让我去乐园里体会一下吗？或者我去找佛祖说我的人生不如你的极乐世界吗？这太让人难以接受了。”

徐德亮先生站了起来，那瘦削而坚毅的脸上，现出了一种焦躁的表情。他走到桌子前，把桌子上堆的一大叠各式信件抱起来，扔到桌子下面。“虽然世界各地的少女给我寄来表达爱意的信，多得我看不过来，但是我怎么就不能体会用最不可控的感情去爱一个人的激动呢？也许那种爱得死去活来的痛也是人生的终极乐趣之一？但老是她们死去活来，跟我又有什么关系呢？”

徐德亮先生在屋里转了好多圈，越来越苦闷。他的人生越完满，就越觉得空虚；他的智慧越高深，就越渴望迷情。“啊！”他紧握双拳，“如果知识、财富、健康、爱情、地位，都不能给人终极的快乐，那我只有向魔鬼求助了。”

“你真的要向我求助吗？”

这个声音来得那么突然，一向泰山崩于前而色不变的徐德亮先生也吓了一跳。回头一看，桌子上起了一团烟雾，烟雾中一个矮小的黑影傲然站立。

“魔鬼？”徐德亮先生对眼前这个一尺多高的小个子倒不是很害怕，只是对它怎么会突然出现在桌子上感到奇怪。桌边的窗子只开了一个小缝，魔鬼大人肯定不会是从那里跳进来的吧。

“您大驾光临的目的是……”

“你呼唤我，我就出现了。这是我对你好的表现，但你可不要以为我总会这样，多数时候，就算你用对上帝般的虔诚来呼唤我，也要看我想不想理你了。”

徐德亮先生一边唯唯诺诺地应付，一边仔细观察魔鬼的形象。它披着黑色的长袍，身体就像一个圆锥形，看不见四肢，似乎魔鬼大人是四脚着地站立——也许是坐在桌子上的。圆锥的上边是个圆球，那应该就是魔鬼的头，虽然上边戴着尖尖的帽子，但这个球还是太圆了一点，徐德亮先生甚至想笑，魔鬼怎么有一个这么圆的脑袋？

魔鬼的脸上戴着死板的面具，只在眼睛和嘴的部位有三个洞，所以看不出它长什么样子。它的眼睛巨大而明亮，像蛇一样，瞳孔是恐怖的一条竖线，好像能一下穿透人心。嘴像兔子一样是三瓣嘴，但开合之间，看得见尖尖的虎牙。

“你真的想得到人世间终极的快乐？”

“是的。”

魔鬼的瞳孔忽然变圆了，像女孩子戴的美瞳一样，乌黑圆亮，美丽无比。它温柔地看着徐德亮先生：“只要你和我签一个协议，我就可以给你真正的、终极的、欲仙欲死的、死去活来的快乐！”

徐德亮先生不由退后了一步，虽然魔鬼的眼神是那么温柔，声音是那么诱惑，但这里似乎有什么阴谋。“真的？”徐德亮先生问，“签一个什么样的协议？”

“一个合同，”魔鬼说，“把灵魂卖给我的合同！而我向你支付的报酬，就是终极的，所有没签合同的人根本理解不了的快乐！”

魔鬼的声音依然细嫩，但充满了磁力。这时烟雾散尽了，徐德亮先生忽然发现，魔鬼大人出现的时候打翻了宣德炉，炉里的香灰全翻腾起来，现在香灰全落到桌子上了，这才看清倒在一边的小铜炉。虽然只是个小炉子，但价格不菲，这么一磕，徐德亮先生多少有点心疼。

魔鬼也看到了徐德亮先生的眼神，一脚把香炉踹到地上。“当啷”一声，炉子摔坏了。“别心疼，和终极快乐比起来，这个小东西只配盛猫粮。”

“盛什么？”徐德亮先生是第一次听这个词，一时没有反应过来。

“咳咳，以后你就明白了。”趁着香灰又一次升腾，魔鬼大人又向徐德亮先生逼近了一步：“签不签？”那长着小尖牙的嘴，分明露着阴险的笑意。

“那我能得到什么样的快乐呢？”

“当然是终极的快乐，是无法用语言表达的。道可道，非常道。”

“可我总不能用灵魂去买一件我不知道的东西。”

“这么说吧，你再也不会对物质的东西感到心疼。比如你的沙发，一定会被抓得稀烂；你的瓷器，都会在一定时期内被分别打碎；你的书，会被翻得到处都是，而且最终都将会被撕烂。也许还有很多女孩给你写信，但你再也没时间看它们，你只能，无论想或不想，随时看见我。”

“无论你想去世界上的哪个圣地旅游，都不能去了，无论你想干多么有价值的工作，也得看我的心情和脸色，你的所有衣服都将变成毛衣，你的所有隐私都将离你而去。”

“你不好奇吗？只要签了这合同，一切重要的，都将不再重要，一切美丽的，都将更加美丽，你的生命将不再只属于你自己，你会懂得爱，懂得关怀，懂得毫无回报的付出，同时，你将得到无与伦比的乐趣与灵感。”

“这……”徐德亮先生显然有点被说动了，但是付出灵魂这种事无论谁都不会那么容易下决心的。

魔鬼不知道从哪里变出了一张纸，徐德亮先生虽然通晓十四种语言，但这张纸上的字他一个也看不懂，只看出有很多鱼和罐头的图案。

“把你的手给我。”魔鬼说，“这张合同是要用你的鲜血来签的。”

徐德亮先生吓了一跳：“我的鲜血？”话没说完，

胳膊一疼，已经多了三道血痕。魔鬼的爪尖滴着血，在合同上一按："行了，只要是你的血，谁签都行。"

徐德亮先生觉得很疼，但他没有不高兴，只是念叨着："看，你把我弄破了。"像一个小女孩在撒娇。

魔鬼把合同一卷，很不屑地说："看，合同已经起作用了，以后流血的机会还多着呢，但你永远不会生气，甚至还会很美地把伤口展示给别人看。"

魔鬼一个转身，跑了，果然是四脚着地跑的。徐德亮先生只看见一条毛茸茸的大尾巴，和一只嫩嫩的梅花形爪垫。

徐德亮

猫之困

绝色小咪

塞北春深。

塞北的春天虽然比江南来得晚，却更大气，更纯粹，更明媚。正如塞北的女孩，一定要嬉闹在碧桃满树的园中、玉兰成行的街上；绝不应在杂花生树时节，独坐幽窗前，低吟"这般天气，好困人也"。

所以小咪早就想跑出去玩了，可是妈妈不让。

小咪的爸爸妈妈都是最普通的猫，没什么高贵血统，也没什么显赫家世，但小咪天生漂亮听话，招得老爸跟别的猫喝酒时老夸口："我们家小咪，那就是仙猫下凡。"老妈在一边眯着眼笑："仙猫下凡也是随我，要跟你似的，就成醉猫了。"

可是爸妈太爱了，管得就太严了。

小咪早就过了追着自己尾巴就能玩半天的年纪了，她想出去追蜻蜓、扑蝴蝶，但妈妈不让。她一说想出去玩，妈妈就抱着她说："等爸爸回来咱们一块出去，外边太危险，你一个女孩子，不安全。"

可是爸爸老去喝酒，根本没时间陪她出去玩。

小咪隔着窗子看出去，花园里百草丰茂，麻雀们尽情地蹦，喜鹊们尽情地卖弄身段儿和嗓音，远处是一池绿得油亮的水，还有一大群小公猫，一看见她开窗子就盯着她看，有的还跑过来喵两声，哪有什么危险？

于是趁妈妈睡午觉，小咪就从窗子跳出去了。

“你好。”

小咪被突如其来的问候吓了一跳，她全身一抖，立刻整个身子都转了过来，这种利索劲儿可不是那些劲儿劲儿的、事儿事儿的母猫能学得来的。

一只脸红扑扑的小黑猫站在她背后，表情有点儿僵硬。旁边石凳后边，分明还藏着一堆坏小子，你推我我推你，生怕藏不住，又生怕小咪看不到。

“你好。”小咪第一次和小公猫说话，感觉很兴奋，又有点儿紧张。

“你是大屋子里的小白猫，我见过你趴在窗子上，你叫什么？”小黑猫一字一字地往外蹦，第一次和女孩子说话的感觉，大家想必都记忆犹新吧。

小咪可不懂男生们这些心思，她觉得这个小黑猫说话怪怪的，但出于礼貌，还是微笑着回答他：“我叫小咪……”

小咪正想着下边要说什么，因为好像确实无话可说。

小黑猫忽然转身就蹿回石凳后，小咪分明听到小黑猫说：“我跟她说话了，你们输了！”石凳后的那些坏小子打闹着起着哄跑开了，一个个起哄好大声，生怕小咪听不到似的，“小黑跟女生说话喽，没出息哟！”然后就发展成了集体的顺口溜：“小黑猫，真没羞，不抓耗子抓美妞儿！”

小黑猫急了，喵喵地冲上去，把喊得最欢的一个花短圆扑倒在地，那胖子手脚不灵活，一时翻不过身来，张嘴咬了小黑一口，小黑大叫一声，一巴掌把那胖子打了一溜滚儿。旁边的坏小子们又嚷起来：“上爪子了！上爪子了！”又一只花短圆跑过来，和小黑滚在一起。

小咪早吓得跳上窗台，回头看着下边——小母猫的回头是多少画家想画都画不出来的美妙身姿，但小咪没想诱惑谁，她已经吓坏了。

“这些男生真粗野！”她想。

“不许再自己跳出去啦！”妈妈听说小咪自己出去玩，教训她道：“外边危险！”

小咪舔着自己的毛，低着头，装听不见。

哪个妈妈的话能拦得住少女渴望春天的心呢？所以小咪又一次跳到了花园里，这次，她居然看见了一只老鼠。

老鼠沿着花丛下的排水沟“刺溜刺溜”地跑，小咪好奇地在后边跟着，老鼠顺排水口钻出了花园，小咪也想出去，排水口太小了，小咪撅起小屁股试了试，发现要挤出去就一定会把自己的一身白毛蹭脏，就又退了出来，转头扑小蜻蜓去了。

本来也没什么东西能让一只还没长大的小母猫关注太久的。

就在小咪玩够了想回家时，她发现了一件极为恐怖的事：她家的窗台上并排放了五只死老鼠，都是刚被咬死的，鲜血淋漓。

一只自以为很帅气的大黄猫就站在窗子上方的屋顶上，他尽量让自己看起来很绅士。“女士，”他冲小咪挑了挑眉毛——一只猫挑眉毛，是多么犯贱啊，“我看到你在抓老鼠，很明显你对此并不内行，我愿意给你帮帮忙，小意思，我不到二十分钟就抓到了五只，以后想要老鼠，随时告诉我就可以。”

小咪闭住气——那些死耗子太臭了——从窗子缝中钻回了屋里，它都不愿意用爪子把窗子再拉开一点儿，恶心死了。

事实上那自以为是的猫的第一句话就已经把小咪得罪了，你才是女士呢，小咪想，我是小姑娘，哪有那么老！

那只大黄猫不死心地跳到窗台上，盯着小咪继续挑眉毛，并显示性地用爪子碰碰死老鼠，他这些动作果然有了效果，正在屋里擦地的女仆看到了他。

“哇！”女仆大叫了起来，“这只野猫哪来的，还有这么多死老鼠！”女仆拉开窗户，一扫帚把大黄猫打了下去，又把死老鼠全推下窗台。女仆发疯似地冲到屋外，以疯魔杖法的套路把还心存侥幸的大黄猫赶得无处藏身，远远跑掉，吓得再也不敢回这花园了。据说后来他挑眉毛成了病，永远在挑，说是被吓的。

小咪卧在椅子下边，也被女仆的激烈反应吓坏了，小咪倒有点儿可怜那只大黄猫了。

猫妈妈又在教育小咪了：“不许要人家东西！”

“鬼才要死老鼠呢。”

“那人家干吗巴巴地给你送来？”

“我怎么知道！”

猫妈妈叹了口气，语重心长地说：“小咪呀，咱真不能要人家东西，你一个小母猫，以后拿什么还人家。”

小咪听懂了，脸红红地说：“妈，讨厌。”

“不许自己出去啦，外边危险！”

桃花都开了，然后叶子也长出来，然后桃花就落了。小咪在桃树下，拣桃花瓣儿玩。雪白的小咪混入一地桃花，想想都让人心动。

小黑那一帮小猫也长大了不少，围着桃树上蹿下跳，公猫在身材上容易比母猫长得快，在头脑上却正相反。

小咪知道他们喜欢自己，不过小咪对此并不讨厌。

但邻居那只戴铃铛的纯种成年猫也来凑热闹，小咪就很不爽。那只猫肥得流油，而且大扁脸，而且没鼻梁骨，而且还戴铃铛，而且还是绝育过的。

小咪最不喜欢他说话的腔调："小咪呀，别理那些野猫，他们连主人都没有。有谁肯给他们戴上铃铛？那才是见了鬼了。你要肯去我屋里待会儿，我让我主人也给你戴个铃铛。"

鬼才要戴，小咪不爱理他，还是自己玩着花瓣儿。

小黑等一群猫也不爱听，但不敢说什么，流浪猫一向对这些血统纯正的猫有自卑之心，虽然他们知道他够傻够二，但还是有自卑之心。

"而且，"铃铛大肥猫还在喋喋不休，"跟我住……直接说吧，嫁给我，有好处，我每天都吃极品猫粮，我每天玩儿回家，主人都给我洗脚，要不不让我上床。连狗都没这待遇。你嫁给我，才能摆布狗。主人带我们出去，都是抱着我，它只能在脖子上拴了链子，跟在脚后面——这是一个作家说的……哟哟哟！"

一只牛头犬已经把铃铛猫叼起在半空，甩上去，摔个半死，连铃铛都摔掉了。

“最恨的就是你背后说我，”牛头犬恨恨地说道，“不看在主人的面上，早把你咬死了。”

小咪吓得心惊肉跳；铃铛猫一句话都不敢说，一歪一歪地跑了。

“你又跑出去玩啦？不是跟你说不许的吗？外边太危险。”

“是，”小咪看着窗外，伸伸舌头，“我不出去了，我一出去，外边的都危险了。”

度化

夜黑如漆，漆不单单是黑色，还黏稠，这黑色而黏稠的深夜里，闪过一丝光亮，旋即复归黑暗。在广大的世界中，除了神佛菩萨，再没有人能看得见这一丝转瞬即逝的光亮，它似乎从来都没存在过，但它的存在有着重大的意义——它给这片黑色的慵懒的黏稠带来了生机，也带来了杀气。

那是一只夜行的猫在眨眼。

闭眼那一瞬，生命似乎已经在尽头，蓄着全力，准备搏杀。所以睁眼那一刻，才会有生机，才会有杀气。

如果你在黑夜中和两只蜡黄的猫眼对视过，就会体会到那种杀气。在白天所有的猫都慵懒睡吃、萌态可鞠，因为它们永远把杀气留给黑暗。

光亮又闪了一下，那是这只猫发现了猎物。随着这道光亮，猫已经上了树。

大树也有呼吸，虽然人感觉不到，但是一切以树为生命中一部分的动物都感受得到。随着树的呼吸起落上树，就不会被树上的其他动物发现，这道理猫当然懂。

踩着树的呼吸，跟着树的节奏，和树的韵律融为一体，就算在树上跳舞，同一树枝上的动物都发现不了，这是猫的天赋。有些东西是爸妈给的，别人怎么学也学不来，怎么生气也白搭，这就叫天赋，也叫不公平。

所以猫走到鸟窝五尺之内，那只鸟依然没有发现危险来了。猫已经亮出了爪子，五尺之内，基本上猫都是一击必中。所以，理论上那只鸟已经死了。

猫忽然停了下来，因为它发现鸟窝里还有其他东西在动。

那只鸟也醒了，微微动了一下身子。鸟窝不大，也就刚刚把鸟身体包住。这时鸟一动，立刻有一个小脑袋从它身体边上探了出来。那鸟站了起来，身下又一阵响动——这居然是一只将雏的母鸟，身下还育有四只小鸟。

猫笑了，露出了尖牙，尖牙反射着月光，牙尖上似乎已有鲜血。

一只大鸟只够半饱，加上四个小雏，今晚好过了。

母鸟正爱怜地给自己的孩子顺顺毛，以便让它们轻轻睡去。做母亲的半夜永远睡不好，但是它每次被吵醒都要仔细地照顾下孩子，看着孩子们沉沉睡去，就觉得很幸福——它忽然觉得全身的羽毛爹起来了，那是闻到死亡味道的时候下意识的反应。

母鸟一回头，就看到了两尺之外那一对蜡黄蜡黄的眼睛。

母鸟全身的血都冷了，居然让猫走到这么近还没发觉，自己这个母亲当得太不称职——但如果不是照顾孩子太累、太专心，又怎么会这么木然？

母鸟知道自己的生命已到尽头，但它满脑子都是自己可爱的孩子被一口咬死的惨状。那可爱的小尖嘴，乌黑的小眼睛，袖珍的小爪子，都要被鲜血染红。

母鸟已经吓坏了，当一个人遇见死亡时，都会吓傻，何况是一只带着四个孩子的母鸟。

猫并不急于杀死它们，在两尺之内，就算是白天，那鸟也逃不掉，猫喜欢看猎物极度惊慌又极度恐惧带来的那种木然。

四个小东西半醒半睡的，它们还不知道害怕。

猫觉得应该出手了，弓腰亮爪，准备扑向自己的盛宴。母鸟也知道，这是它在世上的最后一刻，冒出来的最后一念是：可怜我的孩子们还没见过这世界的美好，就要离开了。

忽然，黑夜中现出了大光芒，那是宁静平和的常寂之光，大树变成了背光，每个枝杈上下都现出了七宝佛光，佛祖现身了。

猫忽然见到这大光芒，吓了一跳，这光虽然宏大，但并不耀眼，猫把瞳孔缩成一条缝，看着这个满面慈祥的大头和尚。只听他缓缓地说：“猫啊，杀生乃第一大恶，放过它吧。”

猫一点儿也不怕他——我佛何尝想让人怕他——想了想问：“什么叫杀生？”

佛祖差点儿从莲台上掉下来，只好说：“取人性命乃为杀生，你要吃这鸟，难道不是杀生？”

猫已经跳上了佛的肩头，伸爪扒拉佛额头上的那个小肉球。猫只要看你投缘，爪子永远都很欠。佛只好一把把它拽下来，抱在怀里，说道：“放过它们母子吧。”

猫依然对白毫光依依不舍，念念不忘，一双大眼紧盯着那个小肉球，嘴里心不在焉地说：“那我吃什么？”

“杀生而满足口腹之欲，是造业啊！而且，吃的还是将雏的母亲。”

“反正都是吃，吃什么不一样？猫吃鸟，自古而然，很正常啊。”猫又对佛身上的璎珞发生了兴趣，拿爪子去动，结果把爪子缠住了，又拼命往回拽，差点拽断。

佛只好帮它择开，同时点化它道：“如果你来世变成鸟，也要被猫吃？你当如何？”

猫舔舔爪子，整整被璎珞搅乱的脚毛，说：“今生还没活明白呢，还来世！”

佛说：“须知六道轮回……”

“真麻烦，吃个鸟也要说半天，就给你个面子，我今去找其他的食儿。”猫一跃，跳回到树上，准备从树上往下跳，看看有没有倒了霉的耗子撞到自己枪口上。

佛也含笑，眼前的一桩杀业总算被化解了。但母鸟忽然大哭起来，双翅合十，礼上我佛。

“佛祖！”母鸟流着泪说，“它知道这个地方，明天还会来。我这孩子们幼小难飞，难道叫我一人独活不成。明日它来，亦只有死罢了。”

佛说：“那猫儿，你能保证明日不来吗？”

猫说：“看吧，要找得着别的就不来。”

母鸟眼泪汪汪地看着佛祖，佛祖说偈曰：“今日不杀明日杀，报应纷纷果不差。它去投林你去睡，你不是你它非它。”

猫说：“都不知道你在说什么。”

佛祖内心叹口气，只得再解释道：“今天吃它还是明天吃它，造的业是一样的，你就不能不吃它，不结这段孽缘？”

猫说：“我也得活着，我的妻子和儿女也要吃饭。难道让我一家饿死不成？”虽然猫根本不知道自己的妻子儿女在哪儿，但一块说出来总显得强势一些，有道理一些。

佛祖看母鸟，母鸟却没看他，它正盯着孩子们看，满是悲伤。孩子们也都醒了，瞪着小眼儿茫然不知所措。佛祖长叹一声：“那我舍身喂你如何？”

佛未成道时，曾割肉喂鹰，舍身饲虎。能舍己，却解不了弱肉强食之自然法则，猫吃鸟虽是杀生，但以自然界看来，却不是作恶。所以，佛又以大慈悲、大勇力，欲舍身于猫。

于时感动得大地六种震动，如风激水，涌没不安。天雨众花，缤纷乱坠，遍满林中。虚空诸天，咸共称赞。

猫想了想说："看样子，你没有小鸟好吃。"

连天上散花的仙女和诸天都差点掉到地上。

佛祖又长叹一声，转头对母鸟说："佛度有缘人。它与我无缘，我也拿它没办法。"

母鸟还没说话，猫忽然想起什么似的，三下两下跳上佛的肩头，对着佛的大耳朵说："有缘有缘，你家有猫粮没有？你要有上好猫粮天天给我，我就在你家常住不走了。能饭来张口，谁还乐意满树上、满世界地找活食儿啊，还弄一嘴血。"

佛祖有心说没有，看着母鸟期盼又哀怨地看着自己，只好说："众生平等，你要入我佛门，原无不可……"

猫说："入什么佛门？我就是去你家吃白饭，但你也不吃亏，没事给我这么可爱的猫挠挠痒痒，是多幸福的事。走吧，看看你家有什么吃的。"

佛祖无奈，和猫一起隐去了。只剩黑漆漆的树上，母鸟抱着小鸟们，发泄式地放声大哭。

老鼠大反攻

猫和老鼠是天敌，所以，有猫的地方，一定有老鼠，有老鼠的地方，也一定有猫。

老鼠王坐在高高的粮袋上面，蓝色的小眼睛里闪着恶狠狠的光，扫视着下面臣服的众老鼠。

如果这个地下室再大一点，可能整个小镇的老鼠都能进到这里，但现在只有十分之一能在下面低声向老鼠王致敬。但光这些也有万八千只。这些老鼠都是每间屋子、每个街区、每座公园的老鼠的头儿，它们来接受老鼠王的领导，并把命令传到每一只老鼠那里。

他们都很强壮，都很坚韧，眼睛里都闪着恶狠狠的蓝光，一只病病歪歪的老鼠根本活不到一个星期，因为这个镇上的猫太多了。

这个镇上因为闹鼠患，所以几乎每家都养猫，但猫们似乎没有猫王，秩序散乱、各自为战，而且好像对抓老鼠并不感冒，一旦主人家有点儿剩饭拌鱼汤，就算看见老鼠也不动了。

但就这样，镇上的老鼠还是一天比一天少，一天比一天过得提心吊胆。

老鼠王看在眼里、疼在心里，这是一只极度负责任的老鼠王。

“各位，”老鼠王从粮袋上站起来，“开始开会。”它的声音虽不高，但咬字颇狠。虽然它的岁数已经不小了，但依然矫健挺拔，它贵为老鼠王，却从来都是身先士卒，毫无养尊处优之处。

全地下室静得连一根老鼠毛落下都能听得到，人永远也想不到老鼠居然有这么好的纪律。

“没有什么生物比我们数量更多，没有什么生物比我们执行力更强，我们懂得配合作战，我们知道存储粮食，我们最勤劳，我们最矫健，可为什么，我们的日子会越过越差？”

众老鼠依然一声不吭，它们知道，老鼠王这是自问自答，果然，老鼠王发怒了，整个地下室都被它的怒吼震动了。

“就是因为，猫！”

说到猫，众老鼠不由得集体打了个寒战，但它们依然紧闭着嘴，等着它们的王的指示。

“如果没有猫，我们到爪的粮食不会吓得撒一地，我们抱着的鸡蛋不会碎一地，我们不会吓得自己跳上老鼠夹子，如果没有猫，我们的日子不会这么暗无天日！”

老鼠王越说声音越高，几近于咬牙切齿。

“所以我们要，打、倒、猫！”

整个地下室都在抖动，那是众老鼠又集体打了个寒战所致。但铁的纪律和钢的意志让它们立刻抬起两只前爪，举向天空：“打、倒、猫！”

一群老鼠发出这样的呐喊，多么振聋发聩！

“等一等！”

呐喊骤然停止了。大家都很吃惊，是谁有这么大的胆子？

分开老鼠群，一只白老鼠走上了老鼠王的粮袋。

“尊敬的老鼠王，对于这个问题，我有不同的看法。”

老鼠王的眉毛都立起来了，它强压怒火，说道：“说说看。”

白老鼠并没有表现出应有的尊重，它开始毫无顾忌地演说：“猫是我们的天敌，这不假，但所有猫都是好吃懒做的，只要有吃的，就绝不会为吃我们而费力。这个镇上的猫更是如此，据我的观察，它们扑向我们只是因为我们跑得太快，令它们好奇，只要我们不跑这么快，就在它们面前散步，它们对我们就没兴趣了。”

所有的老鼠再也无法遵守纪律，都开始窃窃私语，老鼠王已经愤怒得眉毛都开始跳了，但它还是表现出了风度和克制，毕竟，它是真的把每一只老鼠都当成它的子民、它的孩子。

“你的意思是，”老鼠王盯着白老鼠的眼睛，“我们以后见到猫不跑？”

“对，不但不跑，还要有意走到猫面前去，等它们对我们习以为常见怪不怪了，就再也不会因为我们乱窜而抓我们了。”

“哦？”老鼠王已经露出了尖牙，下面的许多老鼠也都露出了尖牙，“你的意思是，让我把自己的臣民一个一个送到猫嘴里去？”

白老鼠自认为思维全面聪明过人，完全没看出老鼠王的敌意，还在说：“但是它们中的绝大多数都没有危险，也许有的猫会把我们抓来抓去地玩，但请您相信，玩不了两分钟它们就厌了，猫没有那么长时间的注意力。哦，当然，也许会有人牺牲，但这种牺牲总比不切实际地去打倒猫要小得多。”

老鼠王再有涵养也克制不住了，让它最受不了的是，自己刚悲壮地提出的战略目标，居然被这只白老鼠随口就说成了“不切实际”！

老鼠王把双爪背在了背后，暗中已经把爪子露了出来，一字一顿地问：“你还有什么想说的吗？”

这个白老鼠书是念得不少，老鼠的生活交际门道一点儿都不懂，完全没看出老鼠王已经准备杀它，还在喋喋不休："我们不但要让猫不伤害我们，还要与猫和谐相处。我们偷的粮食都是猫不吃的，我们与猫没有根本矛盾。我们应该把咬死的鸟儿送给猫，猫的食物越多，就越不会追我们，就越会生小猫。大猫不教，小猫都不知道我们能吃。以后镇上猫越来越多，人们就会觉得越来越安全，老鼠夹子之类的东西就会越来越少，只要我们能保持每年偷的粮食在一定的数量……"

"住口！"老鼠王大吼道。与此同时，已经有数十只强健的老鼠跳过来，要把这只白老鼠撕烂。

老鼠王一摆尾巴，这数十只气愤已极的老鼠刷地停住，退回队伍中。在如此激动的情况下还能如此服从，这让老鼠王心里好受了一点儿。

但白老鼠肯定好受不了了，它看着一步步逼过来的老鼠王，已经吓傻了。它不知道自己的"知无不言、言无不尽"为什么会招来这么大的反应。

"让我们给万恶的猫送食物？让我们走到猫嘴边？说，你是不是猫派来的？"

"啊？"白老鼠万万想不到自己落了个与猫同谋的罪名，吓得语言、逻辑、思维、行动各种能力全没了，只剩下抖了。这也充分说明光念书是没用的，一旦真遇事，啥用都不管。

老鼠王从背后把爪子亮出来，白老鼠一生中听到的最后一句话就是："你这个鼠奸！"

镇长家里养了十七只猫，公猫一个个脑满肠肥，母猫一只只纤尘不染。还有一堆小猫，天天打架，搞得到处都乱七八糟。

几只老鼠已经奉命把白老鼠的尸体带到屋里，看准一个空当，把尸体扔在屋中间就跑。老鼠王要让猫看看，你们收买的老鼠奸细已经被我们正法了。

那几只老鼠还是没能全身而退，它们被一只才半岁的猫发现，叫了一群兄弟姐妹来，每只鼠都被玩了个半死。要不是猫妈妈看见孩子们玩老鼠，发疯似地叫来了它们的爸爸，那几只老鼠就真被玩儿死了。

猫爸爸大声训小猫："跟你们说过多少遍了，老鼠不能玩，脏死了，还有传染病，你们死活就不听，下回再这样，爸爸咬。"

被宠坏的小猫们根本不听，又追跑打闹去了，猫爸爸刚要生气，看见门口的小麻雀，就忘了生气，跑去逗鸟儿。猫从来就是没纪律的动物，注意力也很难长时间集中。

"哎呀！"一只雪白的大母猫从屋里跑出来，神经质地大叫："谁扔了一只死老鼠在地板上，还让不让人吃饭啦！"

转眼间，它也忘了显示自己的干净，去抓小鸟玩了。

爱猫图（三）

说竟画此猫懒态娇姿甚可人非爱猫且识笔墨者莫能为之也

癸巳年秋李燕题

壬辰年
徐德亮

心中的猫神

在世界的某个地方，有供奉猫神的风俗。那里的人视猫如圣物，不敢相侵，所以村里村外有不少野猫，生活得滋滋润润，甚至有时直接去人的厨房里偷点剩鱼残肉，也绝不会被主妇们持杖追出。

村外有棵参天大树，无比高大，枝叶遮天。据说，猫神就住在大树上，它是村里一切人办一切事时的主心骨，比很多地方的狐仙爷地位还高。狐仙爷虽然灵，人们往往只想着别得罪它，而猫神则是融合了山神爷和土地爷及各种神仙的功能，这里的人，婚丧嫁娶求财求寿诸事，全去求猫神。

村里的老人总爱坐在门槛上，叼着大烟袋给后生们讲：谁家就是因为拜猫神诚心，所以猫神让他们在老屋下挖出了一箱金子，发了财；谁家媳妇生孩子难产，丈夫在猫神的树下跪了半天，回家一看，大胖小子，母子平安。

后生们就问,那有谁因为拜猫神不诚心而被降罪吗？

老人们说，没有，因为咱们村从古至今拜猫神就没有不诚心的，就没有敢得罪他老人家的。

后生们又问，那猫神他老人家是怎么来到咱们村的呢？

老人都说：就因为咱们村有那棵神树。从上古时期，那棵大树就存在，大树连着山根，猫神住在树上，守着山根，护着水源，平衡阴阳，调理动静。那棵树上有很多动物，但是很少有猫，当人能看到树上有猫时，那就是猫神开恩，准许人类去拜他。

先不管后生们的频频点头，我们把视线放到那棵古老而神奇的大树上吧。其实那棵大树并不怎么神奇，它只是多活了些年月，多长了些枝叶而已。大树上有各种动物，但确实只有极少数的猫，很多时候只有一只。

这并不奇怪，猫并不是群居动物，也不是树上动物，而且大多数野猫都去村里享福了，只有最孤僻的猫愿意一个人趴在树上发愣。

现在住在树上的猫，是一只年幼的小白猫。它愿意住在树上，是因为太胆小和太内向，都不太敢从树上往下跳。它从很小就被大动物追，爬上树来，好几天不敢下去。后来发现树干足够宽，在上面蹦跳逮小鸟都可以，就不想下来了。

好几次它看见树下有人看它，指指点点，它就羞涩地躲到树枝后面。

后来就老有人来树下，摆上几盘肉，朝着它拜，口中念念有词。它知道他们是为自己来的，但也听不明白，只能再羞涩地躲回到树枝后面。

等人走了，它就跳下树来吃掉一些肉。其他动物，像树上的猴子、树下的野猪，都和它抢，它就再羞涩地跳回树上。第二天那些人来收盘子时，看到肉少了，就会很高兴，如果只剩空盘子，他们就会高兴得忘乎所以。

年幼的小白猫根本不知道他们在高兴什么，它只坐在树上，舔自己的爪子。

据树上最年长的猴子说，这些年只要有猫来树上住，就会发生这种情况。所以他们虽然很不乐意有猴子之外的动物来树上住，但对小白猫的到来也没过度表现出不欢迎。

又有人在树下摆上了香案，有人跪在香案前，纳头便拜，嘴里说："猫神爷爷，小的全家都染了传染病，又没钱请大夫，请猫神爷爷救命。"之后就哭得不行。小白猫虽然听不懂，心里也觉得他们哭得可怜，从树枝后探出半张脸，很关切地看着。

人走了，小白猫的心情还是不好，没下去吃肉——肉都被猴子吃了。后来有好几只猴子一直在拉肚子，它们都说那肉是带人畜共患的病毒的。

又有人来跪拜小白猫了："猫神爷爷，我们家打水的水桶丢了，您开恩给帮着找找。”小白猫知道他们是看自己来的，依然很羞涩，从树后探出半张脸看着他们。

猴子们对这没大兴趣，因为以它们的经验，丢失东西的价值如果比肉低，是绝不会献上一盘肉的——果然，这次是一碗清水。

小白猫倒是很高兴，起码今天不用下树去山泉找水喝了。

树下又是人声嘈杂：“猫神爷爷，今天小女成家，您保佑她平安美满、富贵荣华。”然后就是一群穿红的人，拿着唢呐冲着大树一通吹。猴子们吓得都爬到了树顶。小白猫倒是很喜欢看热闹，瞪着大眼睛，看入了神。

村口的老人们教育后生的语气又加重了许多。“张老二家闹瘟疫，猫神保佑，才死了三口人。”“李四嫂的水桶，拜完猫神回来就在门后头找着了。”“张村长女儿成亲，嫁的丈夫是省里的公务员，别提多顺心啦。”后生们频频点头。

后生们也都去拜猫神了，拜得比老人们还虔心。

小白猫依然很羞涩，躲在树后，露出一只大眼睛偷看，都不好意思叫一声。

猴子们也就抢得了更多的肉。

终于有一天，一个后生顺着神树的树干爬了上来，在第一个横枝上站定——小白猫正躲在离他不远的树枝后，有点奇怪地看着他。这个后生昨天来过树下，还留了肉，小白猫记得他。

后生居然一把把小白猫抓了过来。小白猫吓得大叫，又不好意思咬那后生的手。

后生很粗野地攥着小白猫，它是那么小，以至于后生一只手就可以攥着它。小白猫第一次离人的脸这么近，但它可没心情观察，它吓坏了。

它看见后生的眼睛里流下了泪，然后听见他大声哭叫："什么猫神，你为什么不让她爱上我？我求了你那么多次，给你供了那么多肉，她还是和张柱子好上了。她那么漂亮，每次赶集我都看她半天，就是不敢跟她说话，只能回来求你。可我还没跟她说过一句话，她居然和张柱子好上了！你，你，我也不想活了，我要捏死你。"

后生喊着，但光顾流眼泪，手上没使劲。小白猫只想逃走，但怎么挣扎也逃不脱，吓得乱哈一气，方寸大乱。猫神变成了神经猫，可它也从来没把自己当过神呀。

后生坐在树枝上哭了很久，才想起猫神还在自己手心里攥着，细看时，小白猫气若游丝，连哈气的劲儿都没有了。后生又哭了："你这个小可怜儿，你可得好好地活呀，唉，我怎么就把希望都寄托在你身上了呢。"

后生把小猫放下，抹抹泪，溜下树走了。

这事除了猴子们，没人知道，所以树下依然常有来拜的人。但小白猫经过这一吓，再也不敢离人太近了，每次都高高地跳开。肉都便宜了猴子。

过了几年，村里的老人说，有一个后生离开村子，去了大城市，成了包工头，挣了好多钱回来，本来邻村的一个女娃子正谈着恋爱，结果没两天就跟他结了婚，一起去大城市了。“唉，”老人们感叹，“咱们有猫神保佑，诸事顺心啊！”

后来这个地方依然供猫神，猫神在村民心里越发神圣和灵验，但如你所知，它依然什么事都不管。

阿肥
辛卯年
徐德亮

淺予畫貓余補林成此也書[illegible]

七日

猫生的意义

小东西

柜子里的黑猫

猫和生活

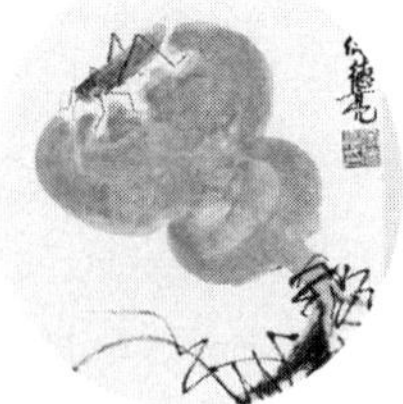

七日

猫的记忆据说只有七天，这也成了猫是奸臣的一个开脱语：七天之后，它不是变了心，而是忘记了以往。

八爷看着混吃闷睡的虎子，长叹了一口气。虎子是只黄狸花儿，此时它四脚朝天睡在床上，腹部的软毛像被水波轻轻拂动的海藻。

“如果是在外边生活的猫，才不会这么没警惕性地睡，遇见危险，翻身的时间都没有。”八爷想。

八爷又看到了床下的猫食盆，巨大的猫食盆里，满满的猫粮被吃出了一个大漏斗形，这只不过是虎子当睡前甜点吃的，剩下的那些只够一顿睡后零食的。然后它就会围着主人的腿喵喵叫两声，主人就得赶紧预备猫粮和猫罐头，巴巴地送到它面前。

八爷就从来没有这待遇，对了，忘了说，八爷是一条京巴。

八爷的狗食盆子里，从来就没有上等狗粮，往往都是人吃剩下的，给它倒点儿，也不多。八爷倒不在乎，虽然只是一条京巴，但八爷自认身上狼的血统还是比较多的，每天出门遛弯儿的时候，都能找着点活的或者死的食物。主人要夸一句：“我们家八爷是条饱狗，不用我们喂。”能把八爷美上天去。

每天八爷最盼望的事，就是出去遛弯儿：向着车轱辘撒尿，冲小母狗发威，钻到植物下边捉迷藏，昂首挺胸地过马路，这都是它最爱干的事。

回到家里，八爷就觉得很闷，主人一天天地不在家，自己旺盛的精力怎么也发泄不出去，虽然有一两件玩具可以玩，但小毛绒总没有小母狗有意思。对了，那两件玩具也不是属于它的，而是主人给虎子买的。虎子不爱玩，才轮到八爷舔舔。

主人也曾经试图带虎子出去玩，只是刚把虎子抱到门口，虎子就大喊大叫，挣扎着下地，扭着肥屁股钻到床下，不出来了。主人只好抱怨道：“能出门遛猫是多有面子的事，你好歹以前也是只流浪猫，怎么就这么胆小，唉，看来猫的记忆确实只有七天，你已经忘了外边的事儿了。”

然后主人就从床下把虎子拖出来，抱在怀里足亲一通：“好宝宝，我就是你全部的世界，我一定对你好！”

虎子就懒懒地趴在主人肩膀上，舔舔主人的脸。然后又上床睡觉去了。

八爷觉得虎子很可怜，于是经常去和虎子聊天，八爷觉得自己就是在开启民智："外边真的还有一个世界，比这个屋中世界要大得多。"

虎子看它一眼，眼神中全是不信，自顾自地在沙发上练爪子。

"真的，外边的世界有花儿，有草，有汽车，有垃圾桶，还有小母狗，可好了。"

虎子懒懒地翻个身："我对小母狗可没兴趣。"

"但是还有小母猫呀，关键是，有自由的气息。"

虎子跳下沙发，抱住了猫食盆："我只喜欢猫粮的气息。"

没过几天，猫粮的气息就远去了。主人找了一个女朋友，钱全花在了女朋友身上，于是虎子的猫盆里，和八爷的狗盆一样，都是人吃剩的东西了。

"你看！"八爷说，"主人对你并不是你想象的那么好。"

"你胡说！"虎子真是怒了，"你怎么能这么说！主人只是遇到了一时的困难，为什么你就不能体谅一下。"

"可是主人只要少看一次电影，你就有猫粮吃了。"

"我就呸！那是看电影吗？那是娱乐吗？那是主人为了和别人交际而付出的巨大财力和时间，你以为主人那么爱看电影啊？主人把最最宝贵的时间都花出去了，我少吃两口猫粮怎么了！”

“你……真高尚。”

其实这一切和八爷毫无关系，就算主人不交女朋友，八爷也吃不着上等狗粮，无论主人有多忙，也要出去遛它，否则八爷就会拉一地尿一屋。

但八爷就是觉得，虎子这么糊涂地活着，是自己的失职。

但虎子也没吃太多亏，它连着三天没吃东西，甚至小心翼翼地一点都不碰猫盆。这让主人一下就看出它一点儿都没吃，马上就给换猫粮了。

终于，主人结婚了，要和女主人搬到大房子里去了。女主人说，新房子不能让猫狗糟蹋，八爷和虎子都要处理掉。于是在家具都搬上大卡车的时候，八爷和虎子全被扔了出来。

八爷很是伤心失望，它知道当一只流浪狗有多么悲惨，但是它只是叫了两声，就住嘴了。“怎么说，我也有狼的血统，我得有点尊严！”八爷想。

虎子就不这么想，所以它拼命跳回到主人的怀里，抱着主人的脖子，死不松爪。

“你看，”主人说，“猫的记忆只有七天，外边的世界它早就忘了，这么把它扔了，它活不了两天，就把它留下吧。原来屋里那些抓痕，都是狗抓的，不是猫，虎子可老实了。”

女主人看着虎子在主人怀里卖萌，说：“那好吧，真是个小可怜。”

虎子被放上了大卡车，两位主人又去搬别的东西了。虎子心满意足地对还在车下逡巡不忍离去的八爷说：“东边花园里有一个破箱子，里边全是棉絮，冬天冷的时候，你可以去那儿避避。地下室的暖气管粗，比外边暖和，不过你可能从栅栏下钻不过去。但我在地下室见过狗，你走正门应该也有机会。西边那棵树下我去年埋过一只鸟，你去看看，估计吃不了了。对了，你要看见一只脸上有黑点儿的母猫，可能是我以前的媳妇，你跟她说，我过好日子呢，别想我了……算了，我估计她早把我忘了。”

八爷目瞪口呆：“你的记忆不是只有七天嘛。”

虎子转身往车里去了，忽然回头又说了一句：“你要真见着她，她要真没忘了我，你就跟她说，我早阉了，现在特老实。再见吧。”

德亮画猫甚多但以此幅为最佳形态生动笔墨精简

猫生的意义

黄小白被带上大卡车的那一刻，他就知道，再也见不着妈妈了。他想着妈妈的气味，努力地记住。“我得把妈妈留在回忆里，”他想，“虽然妈妈会再有很多孩子，会很快忘了我，但我不应该忘记她。”

说实话，黄小白很希望妈妈能赶快忘记自己，这样的话，她也许不会太伤心。

大卡车上一排一排的铁笼子码得好高，每只笼子里都是好几十只像黄小白这样被抓来的猫。有偷来的家猫，也有逮到的流浪猫。笼子只有半猫多高，又挤满了猫，所以每只猫想动一动都很难。大卡车上全是哀嚎之声，有些猫的爪子和腿直接被折断，还有些猫连叫的精力都没有了。

黄小白也没叫，他想：“要是没挤这么多猫，虽然笼子只有半猫多高，我们也能转转身。不过现在已经这样了，叫也没用啊。”

铁笼子还在向上添加，工人们像对它们有怒气似的，举得高高的，往死里摔。铁笼互相碰撞，发出咣咣的响声，最下边的铁笼已经被上边的压得变形了，当然里边的猫就更难过。

“唉，”黄小白想，“要是铁笼子有生命，它们也会叫啊……不过它们生来就是铁笼子，就是要装东西，就是要被搬上搬下，这是没办法的事。”

“装错了！”

有一个工头模样的人跑来大声喊：“都说了这车是往扒灰城运，那车才是去灭门市的，你们怎么装的？混蛋！这车猫干净点儿，灭门市的人有钱，能卖高价。那些快死的跟已经死了的才是往扒灰城运的，那帮穷鬼，好东西也卖不上价去。重装！”

工人们一个个木呆呆的，吆喝一声，又开始卸车，行尸走肉一般。

黄小白却想：“虽然他们身为工人，就应该干活，但干活干得应该有点价值呀，估计刚才这半天的劳动，是没有价值的吧。”

换完了车，黄小白他们这些“干净点儿”的猫也有好多变成了快死的和已经死的了。车开了，黄小白恰好在最外边。车开上了高速，风如刀，笼子外边连个遮盖都没有，但黄小白还是努力往好处想：“虽然脸上吹得很疼，但能看到一辈子都没见过的风景，也算不错吧。虽然这些风景不太像风景，路边的房子都很烂，水都很臭，人都面带菜色病容——车就像是在往地狱飞驰。”

两个小时之后，黄小白已经没心情看风景了，他的脖子已经快被挤断了。但此时笼子里出现了一些缝隙，那是这卡车不停地刹车导致的。路上，所有的车都像敢死队一样向前冲，这卡车也不在自己应该走的道上走，一会并线一会超车，好几次都差点刮上。

黄小白费力地翻过身来，之前一直压在他身上的那只黑猫也转了转身，长叫了一声。黄小白看了看他，他也看了看黄小白——当然都只是斜着眼睛看，笼子里的空间不足以让他们的头转向对方。

如果在一般情况下，压迫性地挤在一起这么半天，两只猫都应该有点尴尬才对，但此时又能说什么呢。黑猫不看黄小白了，自顾自地喘着气——虽然他一直都在上边压着，但他更不好过，都快喘不过气来了。

还是黄小白说话了，他觉得应该打破这种沉默："怎么被抓来的？"

小黑刚一张嘴，就哭了出来，在风里他的哭声嘶哑得听不见，那是猫最虚弱时的状态："我不想老住在一个房子里，老鼠跟我说，要自由。可是我刚跑出来，就被抓了。"

一只猫居然听老鼠的蛊惑，但黄小白并没有笑他——就算在没被抓时也不会。黄小白说："也许你的出逃是对的呢，好歹知道什么是自由了。"

黑猫哭得更伤心了，上气不接下气地说："自由不是死！他们要抓我们去吃，我们都要死啦！"

黄小白幽幽地说："老天让每个生命活着，都有它的价值。也许你感受到了自由，就获得了生命的价值，你的生命就有意义，无论它什么时候结束，它都是有意义的。"

黑猫嘶叫着："要死啦！还意义呢，早知道就不跑出来了。"

黄小白说："活着的价值对每个生命都不一样，对我们这种从出生就在外边流浪的猫来说，也许有一个家——哪怕只有一天——就获得了生命的价值。不过，我从来都没有家，我妈妈也没有过。"

黑猫已经快疯了，他哭叫道："要死了，你还说这些五迷三道的话。"

黄小白认真地说："真的，你吃过糖葫芦吗？"

黑猫一愣："闻过，谁要吃那种鬼东西。"猫不是素食主义者，何况猫吃不出甜味来。

黄小白说："我小时候和妈妈在街上捡到过一个，那是一个小孩掉的一颗，妈妈让我吃了它，我也不爱吃。"黄小白又想起了妈妈，眼圈也红了，他努力不让眼泪掉下来，毕竟一只猫哇哇大哭是很丢人的事。"我不吃，妈妈就说：'一颗山楂要努力长成一棵山楂树，会经过多少机缘巧合，要得到多少泥土的爱、雨水的恩。长成一棵树之后，又要有多么大的努力，才能结出一树果实？又要经过多少人工，走多少路程，历多少环节，才能被做成糖葫芦？被人吃，让孩子们感到酸酸甜甜，也许这就是它生命的意义，现在它落在地上、烂掉，它的生命就失去了价值，它该多伤心，它之前的一切都失去了意义。我们吃了它，让它的生命完满。’我就听妈妈的话，把它都吃了，好像我能感受到甜味一样。你知道吗，后来，我真的知道什么是甜了。”

黑猫不哭了，看怪物似的看着他：“你是基督还是如来？要不就是个神经病。人家都要吃我们了，你还在想这些？被他们吃了就是你生命的价值？变成他们的营养就是你生命的意义？”

黄小白沉默了半晌，慢慢地说：“如果死是不可避免的，那有意义的生命，总比无意义的好。”

灭门市的某个高级饭店的后厨，厨师拿着刀把黄小白提了起来，骂道：“奸商！这么瘦。”

黄小白疼得直咧嘴，但他努力不亮爪子，不咬人，因为那已经没什么意义了。虽然只是一只普通得不能再普通的黄白花儿流浪猫，甚至还未成年，但是，黄小白想有猫的尊严。

小黑早就不知道去哪了，车到站，笼子被放下地的时候，他就已经快不行了。有人提着他的后腿扔进一个筐里，搭了出去。

旁边的蛇已经剥皮待用了，黄小白眼角余光看着白花花的蛇肉，心里涌起了很奇怪的感觉："它要是活着我肯定不喜欢它，可我们要死在一起了，还要被做成一道菜，这算不算缘分？难道我们在一起，真是那么有营养？难道，这就是我生命的价值？"

虽然黄小白给小黑讲得很明白，但他自己其实并不能确定。

厨师一手抓住黄小白的后脖子，一手熟练地把刀扎进了他的喉咙，放血。

黄小白疼得忘记了疼，血流下，他想起了妈妈，想起了甜味。

包间里，饭店经理让服务员赶紧把"龙虎斗"端上桌子，一面赔笑："张副市长，这是大菜，所以慢，您尝尝。"

脑满肠肥的张副市长早已经酒足饭饱，他放肆地盯着服务员的胸部，剔着牙："不吃了，待会还有什么活动啊？"

旁边早有人接过话来："咱们去李局长那儿唱歌怎么样？新来了三个，嫩啊。"

“好啊。”

一屋子人簇拥着张副市长走了，那盆“龙虎斗”被服务员端回后厨，倒进了泔水桶。

狸喚書屋 徐德亮作

小东西

“小东西，过来！”老太太一声有气无力的招呼，就把斗志旺盛的小狗招了回来。此前它正兴奋地要和对面的游子猫“黑尾”打上一架。

黑尾是这片街区的流浪猫，但它从来不承认自己叫“流浪猫”，流浪，这是多么悲伤的字眼，到处流浪，身世飘萍，似乎总是低人一等。再快乐的流浪汉似乎也要被常住民鄙视。

像黑尾这么自尊的猫谁敢鄙视？它蛇一样的眼睛里，只会闪烁鄙视别人的目光。

黑尾管自己叫游子猫，游子在天涯，处处不见家。其实它更愿意别人叫它游侠猫，它的利爪就是它的剑。但除了上月放走的那只瞎老鼠之外，从来也没人这么叫过它。

放走那只瞎老鼠之后，黑尾足足饿了三天，一点食儿也没打着。但一想起有人叫自己游侠猫，它足足高兴了六天。

如果小东西也像那只瞎老鼠一样懂事就好了，但这只死狗只会摇着尾巴冲过来贱招。无论白天晚上，街道上胡同中，只要两位一见，必要打上一场。

小东西在被老太太收养之前也是一只流浪狗，虽然它们都在街上、在垃圾箱中找东西吃，但在黑尾心里，自己是游子猫，它永远是流浪狗，永远只配用流浪这个词，永远在找到半块已经变味儿的骨头后傻乐半天。

但流浪狗居然有主人了，那个翻垃圾箱捡破烂儿的老太太随手把捡到的半盒盒饭扔给在旁边等待的流浪狗，它就把她当成了主人。她走到哪，它就走到哪；她休息，它就跑过去舔她的手；她拾荒，它乖乖趴在旁边。路人要是说一句“嘿，这狗真乖”，或者赞叹一句“真是狗不嫌家贫啊”，能让它美死。

老太太也很感动，一个无儿无女的老人，到了八十岁还要捡破烂儿为生的老人，能有一只小狗主动做伴，也聊慰孤寂。但她能做的，也只有把翻垃圾时翻到的剩菜烂肉扔给它吃，说一句：“小东西，吃吧。”

于是它就有了名字：小东西。

黑尾很久没在午夜的月光下看到小东西了，那片月光里，就是它们的决斗场。也就是说，那只狗已经很多天没在半夜出现了。黑尾有点思念它。思念每次打斗之后，自己纵身一跃，在高墙上冷眼盯着在地上跳脚乱蹦的狗的那种油然而生的优越感。

今天，在正午的阳光下，它们居然见面了。黑尾若不是实在饿得不行，这个时候一定在某个神秘的角落睡大觉。一只饥饿的猫遇到了自己的宿敌，又是在正午太阳晃得什么也看不清楚的时候，实在不是什么好事。

看着这只傻狗狂叫着冲过来，黑尾暗叹一声，弓起了背，准备战斗。它暗叹是因为它的对手的无知和低下，如果真是值得尊敬或有点智商的对手，这个时候应该心有灵犀地故作不见，各走各路，各找各食。有仇没仇，先让自己活下去再说。

当老太太一声叫就把这只傻狗叫了回去之后，黑尾愣在当场，差点儿忘了上墙。

“小东西，她叫你小东西？”黑尾冲那狗叫道。

“对，那是我的名字。”小东西停下转头答道，当然，普通人看来，这狗只是冲那只猫吠了两声，就转头跑回了老太太的身边。

名字？小东西？这算什么名字！黑尾一飞冲天，上了墙去，盯着那个老太太和狗。老太太哆嗦着捡了一个可乐罐，放进自己小小的破布口袋，向着下一个垃圾箱走去。那只叫“小东西”的狗昂首挺胸地跑在前边，好像是皇家仪仗的开道马。

黑尾实在想不明白这狗为什么这么容易地就成了人的宠物，而且是这么衰老和贫穷的一个人。它不明白这个人能给这只狗什么，这只狗又能从这个人那里得到什么。

小东西？黑尾整天都在想着这三个字，这么带有贬低色彩的三个字居然让那只狗这么引以为荣，黑尾实在想不明白。思维不集中使它在白天完全没抓到猎物，月到中天，它又一次来到了垃圾场。

午夜的月光永远带有伤感的意味。黑尾却来不及伤感，它急于要找到哪怕一点儿能充饥的东西。它翻着垃圾，在腐臭肮脏中寻找能咽得下去的一切东西。

游子虽然拥有最可贵的自尊，但本质依然是流浪，黑尾其实明白这个道理，但它不愿意承认。

忽然，它听见在垃圾堆的那一面有声音，也是一个动物在翻垃圾找吃的。

黑尾立刻停止了动作，小心翼翼地伸头过去一看，居然是小东西。低着一只狗头，使劲儿在垃圾堆里拱。

黑尾跳上垃圾堆，居高临下，用嘲笑的口吻叫道：“哟，这不是小东西吗？”

小东西抬起头，回答道：“对，是我，感谢你叫我的名字。除了主人，你是第一个叫我名字的。”

“主人？”黑尾冷笑着，“那个老太太？看来你是一步登天啦？宠物狗啦？阔少爷啦？那你的主人都给你什么啦？”

小东西很认真地想了想：“她给我饭吃，还给了我一个名字。”

“小东西也算名字？她自己穷得那样，还有狗粮来喂你？”

“是啊，那是我这辈子唯一的一个名字。她当然买不起狗粮，她翻垃圾时翻到能吃的都给我吃。”

黑尾甚至有点可怜这只狗了，语气里的关怀甚至多于了嘲讽：“你是狗，狗不需要名字，明白？还有，如果是垃圾箱里的东西，你自己去捡着吃更方便。”

小东西说：“是的，流浪狗不需要名字，因为没人会去叫它们。但是家养的狗就需要名字。虽然我自己可以从垃圾箱里捡着吃，但是主人捡给我的，是带有恩情的。用一句名著里的话说，她给我饭吃的那一刹那，我就被她驯养了。”

“驯养？”黑尾甚至没听过这个词，“我说你这些天怎么半夜不来了……那怎么今天又来了？”

“唉，”小东西有些悲伤地说，“我是有主人的狗，怎么能半夜再来翻垃圾箱呢，要让主人知道了，她该多伤心呀。但是她又对我太好了，每次翻到腐败的肉，她闻了之后都说，可惜了，这个坏了，你吃不了。于是再扔回去。她不知道，以前咱们什么都吃的，咱俩不还因为半条烂鱼打过一架吗？”

“那几乎是咱们打过的最有价值的一架。”

"是，我晚上就守在主人的小屋旁边，第二天她出来工作，我再过去陪着她。当着她我什么不好的东西也不吃，晚上就睡在她的门旁，幻想有一天她能让我进屋上床睡。但今晚，我太饿了。"

小东西的狗脸居然红了，黑尾发现这只狗已经病入膏肓，不可救药。

"真不愧是狗，为了给自己找个主人，居然这么下本儿。"

"我不是要找主人，是要找家。说实话，我很佩服你，你是一个游子，游子无家，只唱欢歌。我们流浪的，最盼的，就是有个家。这些话在没家之前我绝对不会对你说。现在，我有家了，虽然主人很穷，家里也太小，没我睡觉的地儿，但我总是有家了，有名字了，我不是流浪狗了！"

小东西的眼里发出了光，幸福而充满希望。黑尾想再讽刺它几句，忽然觉得自己的心被什么捏了一下，好像变软了。黑尾长啸一声，化作一道黑影，离开了。

后来的一个月里，黑尾保持了夜出昼伏，所以它再也没看到小东西。

当它再次看到小东西时，看到的已经是它的尸体，被扔在垃圾堆上。据其他的游子猫说，那个老太太一个人病死在小棚屋里，守在门口的这只流浪狗不吃不喝，没两天也死了，人们把它的尸体随手扔在了这里。

黑尾看着那双依然睁着的狗眼，那眼里分明还是发着那天晚上发着的光，幸福而充满希望。黑尾缓缓地说：“它不是一只流浪狗，它有家，有主人，有名字，它的尸体不应该被随便扔在这里。”

其他的游子猫说，你得了吧，就算是真有家的宠物狗，死了被主人亲手带来扔在垃圾堆烂掉的，不也有的是？

游子无家，只唱欢歌。黑尾转头而去，去广阔天地里捉雀鼠去了。

也许它的不顾而去，是不想再看小东西眼睛里发着的光。

世亮愛猫且善養之畫而此幅別有異趣也書堯題

柜子里的黑猫

约克家有一个古老的柜子，四四方方的，靠在墙边，上面堆满了乱七八糟的东西：纸盒子、木盒子、叠得很好却从来没有再次展开过的老桌布和旧衣服，据说那些都是从中世纪开始、从有这柜子的时候，约克一家人不停地堆放的结果。

约克家族的女性和大多数家族的女性一样，舍不得扔东西，就算是一块废旧马蹄铁都觉得以后会有用处，就都堆在了柜子里，柜子里堆不完，就堆到了柜子上。好几百年下来，那些似乎有用的东西从来也没被用上过，而且大家甚至都忘记了，或者叫视而不见：那些旧东西下面还有个柜子。

约克才十三岁，就算以乡下的眼光看，他也还没有成人，依然是个孩子。乡下孩子要到十七八岁才算成人，城里的孩子二十多岁还被称为孩子。于是，当约克的表哥约萨被送到他家来过暑假，约克几乎被“这个孩子”吓坏了。他有一米八高，穿着牛仔裤，留着小胡子。

约萨已经二十多岁了，但在约克姑妈的眼中，他依然是个孩子。“让孩子们一起玩去吧。”就因为这句话，约克就理所当然地要和约萨共度整整一个暑假。

约克并不喜欢这个表哥，虽然这个表哥经常会给他带糖心的巧克力或牛舌饼，自从约克有一次发现他居然在小卖部买烟时顺手藏了一包巧克力，就再也没收下过他送的东西。

约克曾经带着约萨去钓鱼。按乡下的习惯，钓到小到不能吃的鱼全要放回河里，然而约萨把鱼篓抢了过来，把小鱼全都撒在了公路上。“车轮压过鱼时会打滑，也许它转弯的时候就慢不下来，翻到河里。”约萨一边坏笑，一边很奇怪约克为什么对此不感到兴奋。“别再想什么等它们长大再钓的蠢事了，还没等它们长大，就会被别人钓走了。别人的，不是你的。”

约克还带着这个“大孩子”去磨坊看驴拉磨，去田野里看鲜花，虽然约克并不喜欢他，但他很重视自己是主人这件事。不过当约萨把图钉钉在驴屁股上哈哈大笑、向其他孩子收“看鲜花费”的时候，约克就决定尽量把约萨留在家里，不让他出门。

“嗨，表哥。今天咱们在家里捉迷藏怎么样？”约克说。约萨本来对这种小儿科的游戏不屑一顾，不过忽而想到约克家的大房子里有好多地方他都没去过，就同意了。

“好啊，不过你家太大了，楼上楼下，你要带我去好好转转，是不是好多地方你也没去过？”

约萨答应不出门，这让约克很高兴。“我带你转转，基本上我都去过，除了一些堆房，那里都是破烂，脏得很。”

约克和约萨在房子里转了一个多小时，约克尽量讲得有趣一些，什么他爷爷的爷爷是在哪个房间里忽然吊死的，什么他的某个姑奶奶出嫁前给自己房间的六面墙壁画满了罂粟花，后来她就一辈子没出嫁，什么哪个房门上破的洞是某位先人在炼金子的时候爆炸留下的……但这些房子都很老旧了，也很久没人住了，所以约萨除了“顺走”几件他自己喜欢的小东西之外，对一切都不感兴趣。

最后，他们走到最后一间屋子。“别进去了，”约克说，“这是堆房，乱七八糟的。”

“看看何妨。”约萨根本没有和约克商量的意思，推门就进去了。那屋里非常大，果然很乱，靠墙是一堆快堆到房顶的杂货，约萨随手从旁边拿起一个小木盒，打开一看，里边居然是一枚戒指，戒面乌蒙蒙的，画着一只黑猫。约萨把戒指拿出来，戒面上闪过一道细微的光亮，不过约萨并没有注意到。

“哟？”约萨说，“这是什么做的，银的？或许是什么不知名的宝石呢。怪别致的。”

约克再也忍不住了：“表哥，把它放回去吧。在别人家乱翻是不礼貌的。”

“是吗？”约萨根本就没拿约克当回事，继续拿着戒指在手上比量，“别人家？咱们不是一家人吗？我还给你巧克力吃呢。再说这不都是你们家不要的嘛。”

说实话，约克从来也没见过这枚戒指，这间堆房里的东西也肯定都是家里人不关注的，他只是觉得约萨这样做不好，但是要为此和约萨翻脸，似乎也小题大做，约克从来都是能忍则忍的那种孩子。

“归我吧。”一边说，约萨已经把戒指戴上了自己的手指，“别告诉你妈，她也不会发现的，哎呀！”

约克眼一花，一只大黑猫已经狠狠咬了约萨一口，跳下地来，伸爪在柜门上一扒拉，柜门开了，大黑猫钻了进去。

约萨才发现自己是站在一个柜子前，猫既然钻进了柜子，那就跑不了了，约萨骂了一声，用脚把柜门踢得大开，往里一看，黑洞洞的什么也看不清。“鬼东西，一定把你抓住，吊着尾巴烧死你！”约萨低着头，一步就迈进了柜子。

约克不知道那只黑猫是哪来的，一见约萨进了柜子，知道那只猫危险了，就想把约萨拽出来，一伸手，一迈腿，不知道怎么的，他也进了柜子。柜门“咣当”一下，关上了。

约克觉得天昏地暗，抬头，似乎看见满天星星，再一定神，满天星星都不见了，只剩了一颗，化成一片柔和的光，这让约克觉得，柜子里还不是很黑。一抬头，看见前边的隔板上，一只大黑猫正威严地看着他，而约萨不见了。

黑猫离约克的头只有几寸，约克看着它蜡黄的大眼睛。“你在抓老鼠？”刚问完，约克就觉得自己好笑，怎么能和一只猫说话呢。但这只黑猫用人话回答了他：“可以这么说，我的孩子。”

会说话的猫！约克又兴奋又喜欢，这可是只在童话中见过的。他完全忘了，在这种情况下，他应该害怕。约克非常想和它说话，但是不知道说什么。假如你忽然遇见一只会说话的猫，也会这样的。

黑猫眨了一下眼，那一瞬间柜子里就像空空如也。它先开的口：“我一直住在这里，你很奇怪为什么没见过我吧。”

“是呀，像你这样漂亮的大猫现在应该在干草垛上懒洋洋地眯着眼享受阳光才对。”约克说。

“不，我不习惯，我不离开这个柜子。”

“为什么？”

“现在人们都把猫当宠物，但在不远的几百年前，整个欧洲都把猫尤其是黑猫看作不祥之物。他们说猫自私、贪婪、阴险、好杀，当猫与女巫在一起的时候，更被认为是邪恶无比。”黑猫眼神放远，悠悠地说，“那个时候，无数猫都被吊起来烧死，和它的主人一起。所以我习惯躲起来。”

“可现在人类都觉得猫咪自尊、敏感、机灵、矫健，猫是多可爱的动物啊。”

“对啊，”黑猫收回眼神，慈爱地看着约克，“猫还是猫，只是人变了。贪婪恶毒的人看到猫，当然觉得猫比他们还贪还恶；心中有杀念的人看到猫嘴角的老鼠的鲜血，只会觉得猫是杀手，而不会说猫是对人类有益的动物。”

约克忽然看见黑猫的爪下，一只已经死了的老鼠肠开肚烂地躺在那儿。约克也有点儿害怕，不由自主往后缩了一下，碰到了柜门的里板。“可是女巫是邪恶的。”

“别害怕，孩子。”黑猫说，“女巫也有好有坏，就像人一样。但女巫是最早爱上猫的一群人，所以，女巫再坏，也轮不到猫说她坏。而且现在也没有女巫了，连女巫的家族都会出现这么善良的好孩子。”

“女巫的家族……”

“走吧，孩子，你不会再见到我了，但你如果能把戒指放回去，我会很高兴。”

约克才想起戒指的事，一瞥之下，看到戒指就在那只老鼠旁边，骤然起了一身鸡皮疙瘩。

约克后来把戒指放回小盒，扔在了柜子上。终其一生，他再也没见过约萨。约克到很老的时候，给小孩讲故事，还会教育他们：“要当好孩子，不要偷，不要骗，否则要变成老鼠被猫吃掉的哟。”

法虎所畫此貓為近期之最
佳者形神兼備且乾濕筆墨尤為合宜也
歲在壬辰中秋之月苦禪題此

小花猫找妈妈

百战无踪和花花背

狐狸脸，猫儿心

猫和新生活

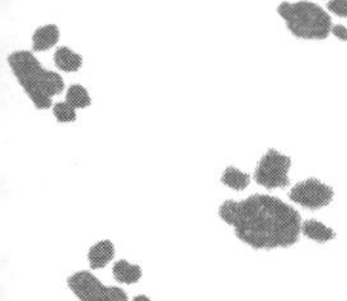

小花猫找妈妈

夏天到了，小区里的花都开过了，但是植物叶子繁茂非常，像热带雨林一样，要知道在寒冷的北方，就算是在夏天，能有这么旺盛的绿色也是非常不容易的——这小区物业费十块钱一平方米，所以花花草草长得可好了。

春天出生的小花猫也长大点儿了，像一个小肉球，又像一个小毛团，它的眼睛都是蓝蓝的，毛色虽然有点儿乱，东一块黄西一块黑的，但非常鲜艳，那是青春嫩色。

小区里有一个十岁的小姑娘，天天出来给小花猫喂吃的，加上小花猫自己能去垃圾箱里找点剩鱼剩肉，根本不用为“饿”担心，所以它活得很是自在，天天无忧无虑的，就知道疯玩。

有一天，小姑娘带来了一本书，那是妈妈给她留的功课，要她大声把它读熟了。她坐在小区花丛的木凳上，打开书，暖暖的阳光洒在书上，每个字都好像要热情得跳出来。

小花猫好奇地瞪着大眼睛看着她，不知道她要做什么——它从来也没见过书本啊。从它的角度看上去，正好能看到封面上淡雅漂亮的水墨画和书的名字，不过小花猫并不认识它：《小蝌蚪找妈妈》。

“暖和的春天来了，池塘里的冰融化了，柳树长出了绿色的叶子。青蛙妈妈在泥洞里睡了一个冬天，也醒来了。”

小女孩念得很有感情，小花猫也不知不觉听入了神。

“……一只大螃蟹从对面游了过来。小蝌蚪看见螃蟹的肚皮是白的，就迎上去大声叫：‘妈妈！妈妈！’螃蟹摆着两只大钳子，笑着说：‘我不是你们的妈妈。你们的妈妈只有四条腿，你们看我有几条腿呀？’小蝌蚪一数，螃蟹有八条腿，就不好意思地说：‘对不起呀，我们认错了。’……”

小女孩还在大声念着，她是一个听话的孩子，从来也不让妈妈操心，答应妈妈要做的功课，一定不会偷懒。但小花猫已经不知道什么时候走了。

“我也要去找我的妈妈，”小花猫想，“我不记得她给我舔过毛，我也不记得她给我喂过奶，但我一定有一个好妈妈的，要不，我是从哪来的呢？”

小花猫轻轻巧巧地跳上了矮墙，从铁艺护栏的缝隙中钻了出去，它从来还没出过这个小区呢。它从小区花园的小世界，一下就来到了纷乱嘈杂的大世界里。

小花猫被这个大世界吓得有点懵，不过它马上高昂起头，对自己说："我一定能找到我的妈妈，她一定和我一样，有四条腿。"

一只流浪狗正过马路，它刚刚从一个卖羊肉串的那里得到了一块掉在地上的羊肉，它知道得赶紧叼走再吃，要不那卖羊肉串的就会翻脸，说自己影响了他的生意。

小花猫箭一般地窜了过去，一头扑在那条狗的怀里，用自己的小脑袋使劲蹭狗的下巴，幸福地喵喵叫："妈妈，好妈妈，我可找到你啦。"

那只狗本来以为有猫要抢肉吃，刚要打架，又被小花猫突如其来的亲昵吓了一跳，横着往旁边跳开去，连嘴里的肉都掉了。

"我？妈妈？你这是对一只绝育过的公狗的侮辱！不过看在你这么小的份上，我不跟你计较。"说实话这只狗很喜欢小花猫，这种小可爱谁会不喜欢呢？但是公狗还是不得不说，"你认错了，我不是你的妈妈。"

"可是你有四条腿呀。"

"你怎么能数腿认妈妈呢？"公狗哈哈大笑，当然在人类听起来它只是汪汪叫了两声，"你的妈妈跳得可高了，能跳得比自己的身体高几倍，我们可没有这个本事。"公狗看到小花猫的情绪一下失落了，它慌乱中又不知道如何安慰，只好说："要不你先吃点儿东西，这块肉本来也应该是你们吃的，我敢打赌这是死耗子肉，狗不吃这东西，嗯嗯，送给你吃吧。”

小花猫已经高昂着头走了：“谢谢您，我还要去找我的妈妈。”公狗从哭腔中听出了勇敢和坚定，它咕噜着说道：“我从没见过这么小的小东西，还真是……嗯嗯，耗子肉，也不难吃。”

小花猫沿着墙角走，不久，它看到了一只蝈蝈，这后腿发达的家伙正奋力一跳，就被一只美妙的猫掌一掌打落尘埃。

“哎呀，命运多舛啊，青山啊，流水啊，田野啊，庄稼啊，我再也见不到你们啦，我就要葬身猫腹啦……”

这只爱拽词儿的蝈蝈还没给自己念完悼词，小花猫已经一把把它抱过来，舔了一口。还好它舌头上的小尖刺还没长硬，要不它就真要葬身猫腹了。在巨大的恐惧中，它忽然听到了让它无比惊奇的话。从出生到现在的一百天以来，它从来也没这么惊奇过。

“妈妈，好妈妈，我可找到你啦。”

“我？妈妈？母亲？乳汁？哺育？奉献？无私？”在神经错乱的一瞬间蝈蝈把所有能想到的跟妈妈相关的词儿都整了出来。等它听明白小花猫的来意后，笑得直打颤。

“我可不是你的妈妈，我只是一只可怜的蝈蝈。一个农民把我从田野里捉来，放在小笼子里卖给城里人。

原本我也可以随缘守分随遇而安的，但他们喂我的黄花和胡萝卜都是不新鲜的，还有药物残留，水也硬，喝不下去。我就逃了，这叫打破玉笼飞蝈蝈，顿断金锁走昆虫……”

还没等蝈蝈说完，小花猫就等不及地问：“那请问您，您见过我的妈妈吗？”

“你妈妈？我见过很多猫，不过不能确定谁是你妈妈，但你记住，它动作非常快。你刚才给我那一下子，一定是继承了你妈妈的本领。”

小花猫懂礼貌地说：“我很抱歉，再见。”

蝈蝈跳走了，小花猫刚要转身，一阵巨大的风把它带了一个筋斗，一个庞然大物飞驰而过，它有四个轮子，声音巨大。

小花猫立刻飞快地追赶它。“它一定是我的妈妈，我妈妈真强壮啊！”每个孩子的心里，都曾经这么为妈妈自豪过。

要是那辆汽车继续飞驰，小花猫就追不上它了。还好，它一个刹车，慢慢停上了马路牙子。

“妈妈，妈妈，你真棒！”小花猫虽然累得上气不接下气，还是想先夸妈妈一下。

小汽车笑了：“好孩子，我可不是你的妈妈。你看，我每天晚上都没地方睡觉，在这条街上转三圈都抢不到一个睡觉的地方，只能忍着大家的骂停到这上边来。而你的妈妈在房上、树上、地上、灯箱上，甚至我的身上，都能睡觉。”

“哦，”小花猫冲汽车舔了舔爪子，“那我能在您身上睡一晚吗，我找了一天妈妈，累死了。”

“好，你可以睡在我的前机器盖子上，虽然现在那有点热，但晚上会很凉快。”

第二天天刚亮，小汽车就被小花猫的叫声吵醒了，睁眼一看，小花猫在晨曦中兴奋地大叫：“妈妈，我找到妈妈啦！房上、树上、地上、灯箱上、你的身上，还有电线杆上、花坛上、墙上，它都能睡觉。”

小汽车还没醒过闷儿来，就听一个声音恶狠狠地说：“呸！我才不是你妈妈，我是小广告儿，你再嚷嚷，把清洁工招来，我就完蛋啦！”

小花猫很辛苦地满世界找妈妈，可是都没找到。有一天，它来到了一个花园里，这里的花都有巨大的叶子。

“咦，”它想，“这里怎么这么眼熟？”

“哎呀？那只小猫回来啦！”一个小女孩的声音喊着，马上，小花猫就被一双小手抱了起来。它那么脏，那么臭，不过小女孩一点儿也不嫌它。“我再也不让你离开我了，我要把你抱回家去，我再也不让你在小区里流浪了，我要当你的妈妈！”

小花猫顺从地靠在小女孩的身上，舔了她一下，心里说：“虽然你没有四条腿，跳得不高，动作也不快，而且只在家里床上睡觉，但我还是把你当我的妈妈吧！”

狸喚書屋

徐德亮作

百战无踪和花花背

有人的地方就是地狱，而有猫的地方就是天堂。

百战无踪已经好几天没吃东西了，房顶的积雪好多天都化不开，抓不着小鸟，老鼠也很少，垃圾堆里那点儿人类的厨余冻得舔一下连舌头都会木。冬天，对所有野猫来说，都是难熬的。百战无踪觉得猫应该在刚一入冬就优雅地死去，像自己这种身体太好死不了的，都算活得死皮赖脸。

百战无踪在春、夏、秋三季身经百战，和无数敢和它抢食的动物撕咬得鲜血淋漓，而且永远来无影去无踪，百战无踪这个名号让附近所有的野猫、野狗和黄鼠狼头疼——但它已经两个月没打过架了，没食可争，甚至没有对手可打。

百战无踪在一片平房上漫无目的地溜达，它对能抓到什么猎物不抱任何希望。它脚下是昏黄的路灯，旁边是灯火通明的高楼大厦，那些地方高耸入云、霓虹闪烁，灯光越闪亮楼的影子就越巨大，它讨厌那边。

“来，来。”

百战无踪忽然听到有人声，立刻全身一震，抬起的爪子都一动不动，盯着声音传来的方向。所有的猫都有这个特性，微有响动，就能立刻把自己调整到战备状态。

“来，来。”

声音继续响起。百战无踪看到就在离路灯不远处，两个人似乎是向它招呼着，手里似乎拿着什么东西。

香味从冻得严严实实的空气中钻了过来，是一只吃了一半的烤鸡翅。被人用脏手抓着，朝着它晃。

虽然百战无踪已经饿得要死，但绝不会馋得跳下去，人的手段它是知道的。但它也真舍不得抬脚就走，一块烤鸡翅的意义对它来说不是打牙祭，而是活下去。

他们到底要干吗？它端坐在房顶上，努力让自己看上去依然凛凛威风，猫永远要在别的生物面前保持庄严，这是百战无踪的原则，虽然它在不自觉地舔着嘴唇。

“来，来呀。”那两个人还在招呼着，其中一个高大一些的还往前走了一步，踩得地下的残雪吱吱作响。

百战无踪立刻退了一步，弓起了身，眼睛紧盯着他。要不是有那半块烤鸡翅，百战无踪早就无踪了。

见百战无踪要跑，那人也停下了脚步，但还是举着那半块鸡翅，晃着，逗着。那人的手黑如墨染，脏得不得了，身上穿的也是质量最差的工作服，一点也不挡风。脸上的胡子茬儿很久没刮过，让他的脸脏得很有层次。

他旁边是一个孩子，六七岁，脸上两块红，红得吓人，鼻涕早过河了，根本不知道擦一下。

百战无踪觉得人就是这么没尊严，换成是猫，死也不让自己脏成这样。但马上它就发现自己想错了。

对面的房顶上喵喵叫着跑过来一只小花猫，已经脏得看不出是猫来，它是闻到鸡翅的香味出来的。这种天气，这种香味再淡，都能让一只十几天没怎么吃东西的小猫疯掉。它疯叫着从房上跳到煤堆上，又从煤堆上跳下地来。冲着人，疯叫不止，虽然叫得那么有气无力。

百战无踪知道坏了。

它认识这只小花猫，原先它挺好看，三种花色均匀地铺在身上，全身上下哪都是又轻又软，大眼睛，小嘴儿。夏天的时候它宁愿一天一天趴在房上晒太阳、理毛发，也不愿意去找食儿，当然那个时候可吃的东西多，饿不着，又没有大猫肯没风度到跟它抢食儿打架。

它是春天才出生的，夏天的时候最多算个小女孩，百战无踪虽然为母猫打过无数架，但还真没为它打过架。但它注意过它，美人胚子，等它明年长大了，肯定得为它打几架。

百战无踪在心里给它起过名字：花花背。

百战无踪眼看着花花背摇晃着冲到那人身边，那人的另一只脏手一把把它抓了起来，随手把半个鸡翅扔在地下，旁边那个孩子赶紧去捡了起来，攥在手里当宝贝。孩子的手更脏，也冻得更加通红。

“捡它干什么，又凉又脏，吃不了了。”那人说，花花背完全忘了自己的处境，还在冲着小孩的手里叫，无力地扭动着身子，想去吃。那人随手攥着它的后腿，把它重重地摔在地上，它立刻不动了，后腿轻轻地抽搐着。

“想吃肉不想？”那人回头逗那孩子，那孩子看着花花背嘴角流出来的血，有点儿发愣。那人自言自语地说：“来这儿一个多月也找不着工作，一个多月没吃过肉了，这回解解馋，可惜太小了。”说着，他还抬头看看房上的百战无踪，心想要是那只大猫下来多好。

刚一抬头，百战无踪下来了，扑了过来。

那人一惊，松开了花花背的后腿，百战无踪已经扑到了他脸上，一把把他抓了个满脸花。那人回手抓住百战无踪，往外一扔，百战无踪抱着他的小臂，狠狠就是一口。那人大叫一声，飞起一腿，百战无踪飞身一跳，没躲开，被重重踢了一脚。落在地上，打了几个滚，跳起来，一瘸一拐地在旁边弓起背，像蛇一样“哈、哈”地示威。

那人摸着脸上的伤口，喘着气，骂道：“妈的，找死。它是你养的啊？”百战无踪除了哈他，不能解释什么——

它自己也不知道为什么要攻击他，死一只动物太正常不过了，一只野猫见惯的生死肯定比人多得多。它只是觉得，花花背，这样一个美丽的生命，这样一个已经垂危的曾经美丽的生命，就算死，也不应该死得这么轻易，这么随便——想都不想，随手一抡，如此而已。

那木呆呆的孩子蹲下，通红的冻裂的脸靠过去，看着花花背。花花背的头动了动，努力地向着孩子的手挪动，它还没死，它还是想吃那半个鸡翅。孩子想了想，把手里脏乎乎的鸡翅送了过去，花花背“喵”地叫了一声，小得几乎听不见，在鸡翅上舔了舔，它已经没力气咬了。

那人找了找砖头之类，没有，见百战无踪已经踉跄地上房了，骂骂咧咧地回头去捡花花背，一边跟旁边那个孩子说：“回去别跟你妈说我抢你鸡翅，那个你都玩得脏得不能吃了，我把这猫做熟了，给你们娘俩送几块肉过去。”

路上有人蹬着一辆满是破烂的旧三轮过来，灯光下骑得很慢很费力，是熟人。“哟，小三儿还喂猫呢？”

那人说：“哪儿啊，他妈说他从小就没吃过鸡翅，昨天老赵给了他一个吃剩的，高兴得他拿着到处跑，舍不得吃，馋了就吃一小口。”又低头对孩子说：“你吃过猫肉吗？舅舅回去给你做，比这个肉多多了。躲开，快着，好好吃一顿，我还得找活干去，你妈也得卖破烂去了。”

孩子看着花花背，它动不了，只是轻轻舔着那脏兮兮的半个鸡翅，这个世界上已经没什么能让它再分心了。孩子忽然抱起它，把鸡翅放在它身上，朝平房的深处跑去，边跑边喊：“我要养猫！我要养它！”

百战无踪躺在房上看着孩子跑远，舔了舔嘴边流出来的血，如释重负地闭上了眼睛。它受的伤远比自己想象的要重得多。它想：“可能明年夏天，我还能为花花背打架吧。我应该死不了，猫死的时候眼睛是睁着的，可我现在却不想睁眼。”

雪又大了，百战无踪虽然闭着眼，却看到百草繁茂的时节，自己在房上和各种公猫打架，花花背已经成了一只漂亮的大花猫，趴在一个孩子的肩头，“喵喵”地叫着，似乎在给它加油。那孩子衣着整洁，皮肤细嫩，小脸红彤彤的，脸上全是笑。

誰敢惹我
小猫亦有虎威
三爺不可愛
壬辰 徐德亮

也愛看電視
徐德亮

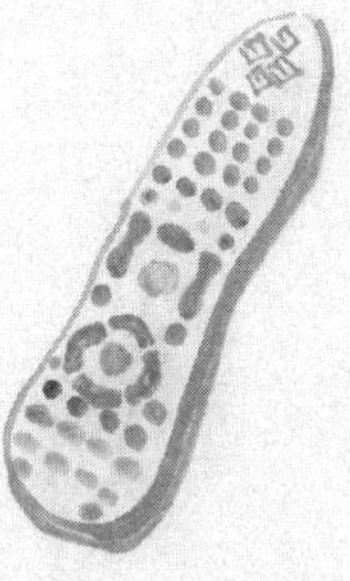

狐狸脸，猫儿心

月亮高高挂在天上，像一盘金黄金黄的比萨饼。月亮轻拂下，整个山林像披了一件光亮的披风，在披风下是一片漆黑，漆黑中的各种树林灌木，就像是这山的内脏，盘根错节，曲屈伸张。

林间，一只狐狸在虔诚地对着月亮跪拜，吞吐内丹，内丹起伏顺逆，忽亮忽暗，那是狐狸慢慢有些累了。

“你完没完事啊？”旁边石头上趴着的一只大花猫叫了起来，“再磨蹭我走了啊。”它早就不高兴了，但还是等到现在才说话。倒不是它有多么的屈己从人，半个时辰前它就想骂狐狸，忽然发现月光下自己的毛那么漂亮，忍不住舔了起来，一直臭美到现在——刚一停嘴，就开始骂狐狸了。

狐狸一惊，内丹咕噜一声咽了回去，“唉哟，差点噎死我。死东西，叫什么叫！”

“您都练了多长时间了大姐，干嘛呀，想一天练成天狐啊？”

狐狸看了看自己这个美得不行又懒得不行的闺蜜，

没好气儿地说："都跟你似的？我们不练下辈子还得当狐狸。"

"那么想当猫啊？那也没见你对我多好呀。"九世的狐狸才能托生为猫，但这世俗的人根本不知道。

"我就呸，狐狸得天天练，就像城里女孩要天天减肥，明白？"

"切，"花猫毫不顾及自己的女孩形象，高翘着后腿，大张着脚爪，把爪缝里的毛都舔得顺顺溜溜，边舔边说，"你们这些没自信的狐狸，不，没自信的女人！"

狐狸看着花猫脚心里的毛，有点反胃："我说你注意点儿形象好不好，你这个脚心长毛的家伙，别再让男人看见。"

花猫一点不在乎："看见就看见，我有什么可避讳的，我这么美丽，这么可爱，这么……"

"这么恶心！"狐狸说着，从树丛里拖出一个圆圆的东西，往头上顶去。

"哇！"花猫吓得从石头上跳下来，蹿到狐狸眼前，瞪圆了那两只原本就滚圆的大眼睛，问道："你要变人？着什么急？"

狐狸轻叹了口气："可谁让我现在遇见他了呢。"花猫喵地一掌，把那个圆东西打出一溜滚儿，"这么累，你顶得住吗？再说这对修炼也太不好了！你还是好好练，我不烦你了还不行？再练个四五十年你自然就能变成人了。”

狐狸幽幽地说：“再过四五十年，我们就都老了。”

虽然是山城，这里却是中国最繁华热闹的城市之一。杜勇每天早上都到山上跑步，快八点的时候下山，坐江轮过江，去 CBD 上班。

杜勇才二十八岁，已经是某大公司的副总裁，行事果敢，思维全面，生活健康，最关键的，他还没有女朋友，或者说，还没有公开的或固定的女朋友。

所以每天杜勇坐江轮时，都会“偶遇”一两个美女同事；还有一句话不说，直接拿出手帕来给他擦汗的陌生美女。但杜勇对她们都很一般，礼貌地说上两句话，已经很给面子了。他太理性，太事业型，生活太量化——直说吧，他太骄傲，也太不懂风情。

但杜勇在人群里看到一个抱着猫的美女向他笑时，他觉得中招了。他好像对她没什么抵抗力。

江轮就像公车，人很多，很暗，起伏很大，但那个女孩站在中间，双手抱着一只大花猫，稳如波涛中的巫山神女。那只猫倒不太老实，故意用爪子一把一把地挠她的头发，她站在那，伸手整理头发，江风吹来，头发更乱了，她有点慌张，猫好像在坏笑。

“你好，猫猫好可爱。”居然是杜勇先开的口，他自己都有点儿不信。那个狐狸脸、吊吊眼的美女笑了，明明长得很妩媚，笑得却很羞涩，好像从来没谈过恋爱似的。

“你怎么抱着猫坐江轮呀？不怕它受惊跑了出危险？”

女孩拍了拍猫的背：“它呀，我出了危险它都不会出。”猫瞪了她一眼，咧开嘴角露了一下小尖牙。

“你怎么这么多汗呀？风一吹会感冒的。”女孩有点慌乱，似乎想多说几句，又找不到话题。

杜勇倒是很放松，用袖子擦了擦汗：“我天天上山跑步，到公司有衣服换，没事的。”

女孩忽然想到了什么，说：“对了，往朝天岩那条小路边上的山体早就软了，别再去那边跑了，容易塌。”

杜勇很奇怪：“唉？你怎么知道我去那边跑？”

女孩更惊慌了：“我……猜的，一般人跑步不是都去那边的吗？”

杜勇笑了笑：“你在江对岸上班？”

女孩定了定神，背台词似地说：“我不上班，我家就住在山上，我叫胡小红。”胡小红的脸果然很容易红，红得跟苹果似的。

杜勇见惯了那些假狐媚，一朝见到真狐媚，也不由得心生亲近之感，说：“我叫杜勇。”

胡小红下意识地说：“嗯，我知道。”

杜勇：“你知道？”

胡小红更结结巴巴了：“哦……是我猜到了。”

杜勇：“你猜到了？”

胡小红：“我，我……”她实在不知道说什么好。

杜勇疑惑地看着她，瞬间脑子里过了好几个问号：她是不是同行公司派来毁我的？她是不是看上我的钱了？她跟了我多久？她难道真的对我有好感？我如果真和她谈恋爱……她是本地人吗？

杜勇要是能看到胡小红身后，还会有一个问号：为什么她身后有一条狐狸尾巴？

用骷髅头变身对一只小狐狸来说要耗费大量精力，何况她和他说这么半天话，已经觉得身在天上，丝毫没有定力了，眼见胡小红迷糊中要现出原形，还好有那只大花猫保驾。一个大浪打来，船体微一斜，大花猫借势喵呜一声从胡小红的怀里跳了下来，满船乱跑。一船的乘客都被脚下钻来钻去的东西吓了一跳，尖叫、躲避不止；胡小红也明白过来，顺势往人群中躲去。此时船身一震，原来船靠岸了。所有的人都立刻挤向出口，恨不得早上岸一步，早赶上一班车，免得迟到扣钱。一个圆形东西落水的哗啦声便没人注意。黑影中一只狐狸箭一样从船帮跳上岸，隐没在岸边水草中。

杜勇被人挤着上了岸，回头看不见刚才那姑娘，摇摇头正要走，一个东西扑上了他的裤子，用爪子吊在他大腿上，一派耍赖就不走的样子。

杜勇低头一看，原来是刚才那只大花猫。

城里的夜永远比山里喧嚣，杜勇却已经很早上床睡了，这种准时作息的男人其实一点都不可爱。但他肚子上趴着一只呼呼大睡的花猫让他看上去不那么让人讨厌。

这只“偶遇”的花猫已经住了半个月，每天睡了吃吃了睡，把杜勇所有的名牌皮包都抓坏了，所有的小东西都扒拉到地上打烂了，吃光了鱼缸里的名贵鱼，稍微不高兴就不在猫砂盆里拉屎。

杜勇拿它一点办法也没有，每天还得极品猫粮伺候着。一到晚上，不让它上床，它非往被窝里钻；等到想抱着它睡了，它又非压在被子外边，压得你连气都喘不匀。

窗外黑影闪过，大花猫早知道谁来了，轻轻起来，跳上窗台，狐狸那张满是幽怨的脸贴在玻璃上，把大花猫吓了一跳。

窗外，狐狸瞪着大花猫："我叫你跟我去，是为了让你给我出主意的，你却抢我的男人，算什么好闺蜜！"

花猫笑得直抽筋："谁抢你的男人，我只是占有了一个奴才。"

狐狸嘟着嘴："可你跟他一个被窝睡觉了。"

"废话，他要敢翻个身我都去告他虐待动物！"花猫伸长了身体，伸个懒腰，消化一下一肚子的美食，"跟你说吧，这个男人不值得爱。只知道挣钱，根本不考虑女人的感受。他有好几个女朋友，但他不承认她们的地位，爱来不爱，爱走不走。他就觉得自己最好，天天自己照镜子。他就是个自私鬼、自大狂。"

狐狸打断了它的话："那你为什么不走，那他为什么对你这么好？"

猫仰天打个哈哈："当他的爱人很难，但当他的神很容易。所以，干脆别当他命中的狐狸，就当他命里的猫吧——但这个道理你是不会懂的，你还得再修炼几世。回山吧，过几天我想你了就回去看你，给你带上人吃的比萨饼。"

猫跳回窗台，留下一脸迷茫的狐狸和天上弯弯的月亮。

沒啥目標我
就是伸
個懶腰
壬辰
初夏
徐德亮

一篇真实的猫小说

作家与上帝

猫生即人生

终

徐德亮画

一篇真实的猫小说

不是每个动物园都是动物的天堂，很多动物园其实是动物的地狱。

郎园长已经被外边的游行示威搞得头都大了，办公室的胡主任在一边不停地走来走去，他其实一点也不着急，但是领导郁闷，他就一定会做出焦急的样子，演得可像了。

虽然动物园外边只聚集了一百多人，还有好几辆警车看管着，不会闹出太大的事来，但郎园长晚上已经偷偷约好了刚用权力安排进动物园的熟女朱秘书去看电影，这么一闹，老走不了，多耽误事！

想谁谁就来，去园门口望风的朱秘书已经扭着大屁股回来了，刚一冲进屋里就坐在了沙发上，把手放在暖气上搓。他们的事胡主任都清楚，当然也不用再装出点儿什么领导和下属的体统。

“冻死我了。”朱秘书娇气细语地抱怨，“零下十三度，外边那帮人怎么就能站上七个小时不动地方。”

“还没散呢？”胡主任那种替领导分忧的神情演得

可好了，“他们到底要怎么样啊！”

“不就是举着牌子说咱们把园区里的流浪猫的猫窝都拆了，流浪猫冻死了几十只嘛，说动物园成了动物的陵园，没爱心什么的。要不是吕主任要掩盖死的那三只豹子，至于咱们给他背黑锅嘛。”朱秘书到底是个女人，在官场上，这种话没有谁会随便说出来的。

郎园长看了一眼胡主任，胡主任正看着窗外，似乎没听到朱秘书的话，于是他恨恨地叹一声：“唉，这事也怪不了吕主任，咱们也是为了园区的整洁嘛。”

他们说的吕主任是动物园爱心委员会高级主任，这个部门是专为他新增的，他从屠宰场平级调来动物园，只好新增了这么一个职位，相当于副园长级别。这位吕主任来了就胡指挥，还指定自己亲戚开的药厂送免疫药，导致注射的当晚就死了三只豹子。

要说最恨吕主任的，当然是胡园长，一个长官的权力忽然被分掉一半，谁也不会痛快。但郎园长还得处处维护着他，可见人家这个园长也不是白当的，深通为官之道。

朱秘书满心都在抱怨这寒冷的冬日不能早点下班陪领导去看电影，没好气地说道：“为了园区整洁？那些猫窝都在灌木深处，找都找不出来，有什么不整洁的？猫把鼠疫传染给了豹子，导致豹子死亡，这理由亏他想得出来。”

郎园长何尝不知道这点，但毕竟他是一把手，清除猫窝的命令也是他下的。虽然他和吕主任之间有权力之争，但一致对民众时又出奇地团结，官官相护，政绩也是大家的嘛。但猫窝没了，猫是不是就都搬到东边立交桥上去睡，动物园里是不是就没流浪猫了，这个问题超过了他们的智商。除了勾心斗角之外，他们的智商通常为负。

电话响了，胡主任赶紧跑过去接，郎园长大喊一声：“要是警局来的就说我不在。”闹出这么大事来，郎园长也确实没脸接听麻友荀局长的电话。胡主任抓起了电话：“喂，请等一下，园长，是动物园中园的贝经理。”

郎园长骂了声“他小舅子的”，就接过了电话，贝经理确是本市山河植被绿化局师局长的小舅子，要不园中园这种“肥活”怎么能给他。园中园养一些狗、兔子等小动物，专为小朋友培养爱心、亲近动物用的，不过遛狗要收 50 块。兔子随便抱，但一抱之下马上就有工作人员做小朋友的工作，希望他家长能花 200 元一只的价钱带走。当然，卖不出去的兔子也很多，兔子很快就长大了，大兔子更难卖出去，于是贝经理就把兔子杀一批，兔子肉送领导尝鲜，再进一批新的小兔。反正两三块一只，等于没有成本。

郎园长说："喂，我是老郎。"

贝经理在电话那边都快哭了："我是小贝呀，警局的人找我，说现在外边救流浪猫那批人的风声太紧，让我先把园中园关几天，我这几天得损失多少钱啊，郎园长，您可得给我做主啊。"

郎园长倒很平静："唉，那边也就是做做样子，就算真要关，也得通过我呀，行政流程还是要走的嘛，我都不知道这事，你就放心吧，对了，最近有兔子肉了没？"

"还没，不过您放心，我晚上给您送点大雁肉去。"

"太客气啦，我今晚有事，明天吧。"

挂上电话，胡主任凑了过来："园长，外边这事要再不解决，您今晚……"

"唉，可怎么解决？"胡园长眉毛拧成了二字——他是大小眼儿，所以眉毛拧不成"一"，只能拧成"二"，"吕主任偏偏又病了，要不，让他拿个主意也好啊。"

胡主任想了想："要不，您就见见他们？"

郎园长还没说话，朱秘书尖叫起来："园长见他们？那说什么？跟他们有什么道理可讲？别看都是些个退休老头老太太，都是刁民！"

胡主任乐了："说见，但是见不着，咱们就说，必须公对公，园长不对个人。他们这堆人，还能有个组织？唉，要是有组织，那就有领导，有领导，就好办。这种斗争经验咱们都有啊。”

胡主任还要说下去，手机响了，他赶紧拿出来一看，对郎园长赔笑着说：“您说是不是？我先接个电话。”胡主任跑到楼道里，看四周没人，赶紧接通了电话，说话很小声，还用手捂着嘴。

“吕主任，您就先在家等信儿，千万别来，门口都堵严了。老郎躲着不敢出去。这事不好解决。不过所有的目标都在园区整洁上了，豹子的事没人提。”

电话里一个气急败坏的声音传出来，差点满楼道都听见了：“老郎什么态度？他是不是落井下石？”

胡主任赶紧把手机捂得更紧：“他还好，这事他下不了石，因为他脱不了套，择不清干系……是是，我想办法把他拉下来，把您择干净。”

一个饲养员正好上楼，胡主任赶紧把电话挂了，问他：“什么事？”

“找园长。”

饲养员走进屋，听见郎园长正冲电话里喊：“老苟，他们那些什么协会什么的不能算组织啊。你就帮帮忙，抓个错把他们都赶散就得了……什么，都特老实，就在那冻着？嗯，那让他们组织的头进来，我跟他们见。”

饲养员见园长摔了电话，就说：“园长……”

郎园长怒火全撒在了他的身上：“进来不敲门？咱

们还有点上下级的样子没有！”

“可是，猴子病得不成了，我想申请点儿贵的药。”

“是那个刚进来的什么什么世界级保护动物的那叫什么猴来着，是那个猴吗？”

“就是猴山上的……”

郎园长真的怒了：“你有病啊，猴山上的猴还要贵药，死了再买一只不就得了！出去。”

胡主任赶紧把青筋都跳起来的饲养员劝出去了，装好人这种事他最爱干。饲养员在出去的时候，听见郎园长吼：“答应？咱们就扇自己的嘴巴了！这样吧，允许他们重新放猫窝。可是只许放咱们做的，找贝经理批，1000块一个。放好了，晚上咱们就毁。他们要是看到猫窝坏了，就让他们再找贝经理买去。”

胡主任灵机一动：“园长，先按您说的办。如果他们再闹，咱们就偷偷把猫都宰了，很简单，这么冷的天气，夜里往每个猫窝里灌点凉水就成了，水马上就冻成冰，第二天直接把冰块倒出来一处理，神不知鬼不觉。或者直接下套抓，喂鳄鱼。猫窝也没坏，猫没了，不赖咱们，他们就闹不起来了。”

郎园长的大手重重地拍在了胡主任的肩膀上：“老胡，还是你行！”朱秘书一吐舌头：“真狠。”郎园长瞪着她的身材笑道：“晚上还有更狠的呢。”胡主任心里已经在盘算着怎么跟吕主任表功了。

门外的饲养员叹了口气，下楼时遇见了外边来的请愿代表，一错肩膀的时候，饲养员忍不住小声说："把猫都转移走吧。"代表们一愣，其中一个年轻点的大声喊："凭什么！动物园连只小猫都容不下？"年老的也在念叨："我们谁家里都有好多只了，又不是我们扔的，让我们往哪转移啊。"

饲养员长叹一声，下楼走了，他知道，不久的将来，动物园里除了禽兽，将没有任何动物。

终

壬辰歲末
徐悲鴻畫

作家与上帝

肚歪猫是这个城市里混得不错的一只猫，在其他猫只能天天晚上去守夜抓小偷的时候，它可以在烧鹅咖啡屋找个靠窗的沙发，把包扔在旁边的位子上，在暖暖的空调下，写作。

它是个作家，但今天它没那么惬意，因为它实在没灵感。

它新接了一个写短篇小说的活儿，稿费还不低，截稿日期临近了，但它就是没灵感。肚歪猫把写作当成很神圣的事，抄袭肯定不行，就算用别人的故事梗概都不行，好歹也是一只猫，不能那么没原则。

它把笔扔在稿纸上，四下张望，希望能找到一些灵感。

已经晚上十点多了，外边很黑，风很大，这时，窗前走过一个女孩，穿着白裙子，很素雅，但是脸红红的，那可能是流过眼泪之后脸被风吹了。

一个女孩子在这种天气里一个人哭着在街上走，一定是和男朋友在闹分手，肚歪猫想。

“一个女孩在寒冷的冬夜和男朋友分手了……”肚歪猫刚在纸上写下这句话，就觉得这太俗，想了想，把“冬夜”改成“冬日”，还是觉得不好，一生气把整行都划掉了。

“作家在没有灵感的时候，就应该趴在火炉旁边睡觉！”肚歪猫恨恨地想，“为稿费而写作实在是文学本身的悲哀。但有什么办法呢？记得有个大作家每天写作的秘诀就是，如果有一天没动笔，他就在纸上不停地写‘我今天为什么没有写作’这句话，直到自己开始写作为止……”肚歪猫发现自己又走思了，努力地把脑子一把一把地拽回到稿纸前。

一抬头，肚歪猫看见刚才那个女孩子，已经推门进了这间咖啡屋。

“就以她为题了！”肚歪猫有点认命，又有点无可奈何之意，“她，要不，就是穿越过来的？”想到这儿，肚歪猫差点给自己一拳，恨自己怎么这么没想法，蹦出来的都是跟风的主意，一点独立的奇思妙想都没有。

女孩子转了一圈，在它侧后方的座位上坐好了，侍者过去等她点餐，肚歪猫听见她说：“对不起，我等一个朋友，等他来了再点。”声音不高，但是很有磁性。

肚歪猫又在想它小说的开头，并随手在稿纸上写了下来：“大魏的黄初三年，这个女孩子认识了一个官二代，她约他在一间咖啡屋约会。”——那个年代没有咖啡屋，就写酒楼吧——可是酒楼又太热闹了些，而且关键问题是，她约他要干什么呢？直接去洛水边上私会不比酒楼里好嘛。

肚歪猫实在没想法，伸爪子在包里拿出了一块鱼饼干，放到嘴里大吃起来。

猫在这里可以吃自带的食物，人就不行，要收服务费。所以当一只猫还是很占便宜的。肚歪猫明知道吃东西和写东西完全不是一件事，而且很会相互影响，可是它忍不住。

稿纸上又落下了几行字迹：“一个杀手，美女，在一间咖啡屋约她的主顾。他们见面时，一定是女方先点单，如果点卡布奇诺，就是已经把目标干掉了，如果点热巧克力，就是任务失败。男方如果点冰水，就是合同结束，任务完成就等着打款，失败也不用再试，他再找别的杀手了，如果……”

什么乱七八糟的！肚歪猫恨自己，怎么又想错了，先想故事，再想细节，我怎么又忘了！没故事，要这些细节有什么用。

肚歪猫苦苦地寻觅着那个叫灵感的家伙，不自觉地又歪头看了那个姑娘一眼。它发现那个姑娘虽然是在等人，但眼睛却在小心地四下看，长发垂着几乎不动，好像怕别人看见她似的。整个咖啡屋里没有两三桌客人，坐得还都很分散。

好，她的故事非常精彩，充满了人性和社会伦理道德的斗争，故事情节马上就出来了——肚歪猫很强烈地暗示着自己——她是一个女性主义者，她认为女人对社会的贡献更大，所以女人应该比男人更开放，更懂享受。她在网上寻找一夜情，只为证明女人可以享受这一切，虽然很多次她根本就没有享受，根本就是受罪，但受罪在她似乎也成了享受，所有的人都是只见一面，但今天等的这个男孩例外，她爱上了他。于是经过思想斗争，约了他第二次。其实他也爱上了她，但是他们又不敢承认这种爱，毕竟他们约会的目的不在于爱而在于性，面对对方时，他们给自己的心理定位都是“坏人”……

可是，肚歪猫又编不下去了，逻辑没问题，但是情节在哪？

而且，接的是一个短篇的活儿，整出一个长篇的量，就算写出来发过去，编辑也要疯掉了。而且讨论这情啊性的，会不会有被打马赛克的危险？

肚歪猫很烦躁地扔下笔，又摸了一块鱼饼干，借吃东西又回头看了一眼那女孩。这次，它和那女孩的眼光居然对上了，这说明，那女孩也在偷偷地看它。立刻，她把头低下了，似乎脸红了。

肚歪猫回过头，在纸上漫无目的地写道："这是一个吸血鬼的故事，烧鹅咖啡屋的主人也是吸血鬼，能向她提供血浆，所以无论她点的是什么，端上来的都会是鲜红的。她在等的，也许是一个吸血鬼猎人，她要和他谈一笔生意。"唉，有点意思了，在一家吸血鬼开的咖啡屋里，一个特立独行的吸血鬼女孩要和一个生死之敌谈生意。

写到这里，肚歪猫笑了，作家简直就是上帝，要像创造一个世界一样创造一篇作品。上帝？忽然灵光一闪，肚歪猫想："为什么总是把这个女孩设定成负面人物呢？她应该是一个天使，圣洁得无与伦比。她来到人间，只是为拯救那些黑暗中的灵魂。小说都是用人性的丑恶做文章，舞台上也是反派永远比正面人物容易出彩。我就写一个真正圣洁的天使，用人性中的神性来做文章。可以写一个系列，每个故事都是她用自己无私的爱拯救一种不完善的人格，比如这个故事是写她和吝啬者的，下一个故事是写她和自私者的。把每种恶习形象化为一个人，所有这些人都在她的身边被感化……"

肚歪猫已经完全陷入了自己的狂想，笔同时在稿纸上飞快地写着，总不能让这些好想法随生随灭啊。肚歪猫随手一摸旁边的鱼饼干，却摸了个空。鱼饼干在包里，和钱包、手机、猫粮店的打折卡通通放在一起，包就在旁边的位子上，但却摸了个空。肚歪猫回头一看，旁边的位子上空空如也。

一时没有反应过来，肚歪猫还转头找了找，忽然它透过窗子，看到远处的街角，一条白裙子一闪而逝。猫的眼睛看夜色比看光亮处清楚得多，于是它也看见了自己的包挎在那条白裙子的肩部，同样一闪而逝。

肚歪猫终于知道这女人是上帝派来干什么的了，它也知道，和上帝比起来，自己这个作家当得实在太不入流了。

雙靈
時在癸巳初春之日
狸唊書屋主人
徐德亮戲墨如是

猫生即人生

感谢您读到这里。

《把灵魂卖给猫》里的小说陆续发表在《宠物·猫迷》杂志上，获得了很好的反响，如今在生活·读书·新知三联书店结集出版，是希望它们能获得小说的身份，或者，至少是被看作是“故事”——关于猫的故事——作为宠物的猫，作为流浪生物的猫。这些猫和我们人类一样有生活、有感情，它们的世界，也绝不仅仅是那些爱猫之人脑中臆想出来的猫的世界。

书里收录的十三篇小说的切入点有所不同，在此基础上做了一定程度的章节划分。“序章”的部分放上《把灵魂卖给猫》，以充分说明徐德亮爱猫之心以及甘为猫奴之情；“猫之困”由《绝色小咪》、《度化》、《老鼠大反攻》、《心中的猫神》四篇组成，是处于各种困境的猫的写照。《七日》、《猫生的意义》、《小东西》、《柜子里的黑猫》四篇围绕“猫和生活”的主题展开，基调比较沉郁，却也最能反映生活，《七日》里头“八爷”

和“虎子”凄凄惨惨戚戚的对话，《猫生的意义》里黄小白面对屠宰时还在思考生命的意义，以及《小东西》里的“它不是一只流浪狗，它有家，有主人，有名字，它的尸体不应该被随便扔在这里”，岂不都是发生在我们身边的真实片段吗？

相较之下，“猫和新生活”里的《小花猫找妈妈》、《百战无踪和花花背》、《狐狸脸，猫儿心》多了好些温暖，讲述了流浪猫和人类的故事，故事里满是期望，满是善意，《小花猫找妈妈》甚至像是童话故事。

最后的“终章”中，《一篇真实的猫小说》、《作家与上帝》又回归了生活的完全真实。

在徐德亮的猫小说中，人和猫是平等的生物，虽然还是有强弱之分，但性情和境遇基本无甚差别——猫生即人生，徐德亮恐怕前生是只猫。

如果不是对猫怀有深情厚谊，即使有生活也写不出书中这样的小说，而如果没有讲故事的技巧，即使爱猫如命，恐怕也无法让这些故事成文。据有关群众从旁佐证，说徐德亮看到刚出生的小猫，“能红眼眶”。我加他微信时间不长，朋友圈发的内容除了字画秀，其他全是他家养的猫，不是名贵品种，都是街头常见的国产货色，但在照片中时而怡然自得，时而威风凛凛，可见徐德亮家猫比人多，猫是主角。

书中收录的国画，全出自徐德亮本人之手，据说他拜师学画已小有所成，很多笔墨也就花在了这些猫的身上。

最后想再次强调的是，希望读者不要轻易把本书中的十三篇小说当成徐德亮写的一些关于猫的文字来阅读，作为编辑我选择出版这些小说，并不是因为我听相声，也不是因为我养过一只鸳鸯眼大白猫，而是因为作为读者读完这些小说，我很感动。我觉得从这些小说里头读到了人生——不仅仅是猫的人生，更是我们自己的人生。

本书编辑　刘扬

终

图书在版编目（CIP）数据

把灵魂卖给猫：徐德亮的猫小说 / 徐德亮著；— 北京：
生活 · 读书 · 新知三联书店，2014.10
ISBN 978-7-108-04621-5

Ⅰ. ①把… Ⅱ. ①徐… Ⅲ. ①短篇小说－小说集－中国－
当代 Ⅳ. ① I247.7

中国版本图书馆 CIP 数据核字 (2013) 第 171271 号

责任编辑 刘　扬 刘蓉林
装帧设计 吴　言
责任印制 卢　岳
出版发行 生活 · 讀書 · 新知 三联书店
（北京市东城区美术馆东街 22 号）
邮　　编 100010
网　　址 www.sdxjpc.com
经　　销 新华书店
印　　刷 北京市松源印刷有限公司
版　　次 2014 年 10 月北京第 1 版
2014 年 10 月北京第 1 次印刷
开　　本 787 毫米 ×1092 毫米 1/32 印张 4.5
字　　数 76 千字
印　　数 00,001-10,000 册
定　　价 29.00 元

（印装查询 010-64002715 邮购查询 010-84010542）